说出来

麦克米伦世纪童书

麦克米伦世纪 全称北京麦克米伦世纪咨询服务有限公司,由全球最大、最知名的国际性出版机构之一的麦克米伦出版集团和二十一世纪出版社集团共同注资成立。

北京麦克米伦世纪咨询服务有限公司
北京市海淀区花园路甲13号院7号楼庚坊国际10层
邮编:100088   电话:010-82093837
新浪官方微博:@麦克米伦世纪出版

亲爱的朋友们：

十二年？《说出来》出版至今已经十二年了吗？

不可能。

当然，这本书问世至今，我已养育了四个孩子，搬了三次家，写了六本小说。我脸上增添了皱纹，走过了很多路。可是，十二年已经过去了吗？绝不可能。

之所以觉得不可能，是因为在内心深处，我还是十四岁。我记得当我看到自己驾照上的年龄时与梅林达相似的感受。我记得当年的兴奋、焦虑与困惑。我记得被迫保持沉默是何种滋味。

你们当中的很多人也是如此。

过去十年，我已就《说出来》向超过五十万名高中生发表演讲。我记不清自己读过多少封书信和电子邮件，记不清曾有多少读者因为梅林达的斗争在我肩头一洒同情之泪。你们都渴望能畅所欲言。你们需要更多愿意倾听的成年人。

我愿意认为，《说出来》为你们找到自己的声音贡献了绵薄之力。但它只是一种工具。真正的英雄，是你们当中那些曾陷入绝境，也曾经历恐惧、羞耻、抑郁和愤怒，而最终找到勇气来讲述故事的人们。我对他们怀着最深的敬意。

玛雅·安琪卢在《女人之心》里写道："要是幸运，一个孤寂的梦想就能改变一百万个现实。"

而我何止是幸运。这本书已经帮助一代读者踏上成年之路。同样，你们也在帮助我在自己的道路上走得更好。我是有福的。

祝愿你们一直拥有说出来的勇气。

（劳丽）

LISTEN

You write to us
from Houston, Brooklyn, Peoria, Rye, NY ,
LA, DC, Everyanywhere USA to my mailbox, My
Space Face
Book
A livejournal of bffs whispering
Onehundredthousand whispers to Melinda and
Me.

You:
I was raped, too
sexually assaulted in seventh grade,
tenth grade, the summer after graduation,
at a party
i was 16
i was 14
i was 5 and he did it for three years
i loved him
i didn't even know him.
He was my best friend's brother,
my grandfather, father, mommy's boyfriend,
my date
my cousin
my coach
i met him for the first time that night and—
four guys took turns, and—
i'm a boy and this happened to me, and—

…I got pregnant I gave up my daughter for adoption…
did it happen to you, too?
U 2?

You:
i wasn't raped, but
my dad drinks, but
i hate talking, but

my brother was shot, but
i am outcast, but
my parents split up, but
i am clanless, but
we lost our house, but
i have secrets—seven years secrets
and i cut
myself my friends cut
we all cut cut cut
to let out the pain

…my 5-year-old cousin was raped—he's beginning to act out now…
do you have suicidal thoughts?
do you want to kill him?

You:
Melinda is a lot like this girl I know
No she's a lot like
(me)
i am MelindaSarah
i am MelindaRogelio i am MelindaMegan,
MelindaAmberMelindaStephenToriPhillipNavdiaTiara-
MateoKristinaBeth
it keeps hurting, but
but
but
but
this book cracked my shell
it keeps hurting I hurt, but
but your book cracked my shell.

You:
I cried when I read it.
I laughed when I read it
is that dumb?
I sat with the girl—
you know, that girl—

I sat with her because nobody sits with her at launch
and I'm a cheerleader, so there.
speak changed my life
cracked my shell
made me think
about parties
gave me
wings this book
opened my mouth
i whispered, cried
rolled up my sleeves i
hate talking but
I am trying.

You made me remember who I am.
Thanks.

P.S. Our class is gonna analyze this thing to death.

Me:
Me:
Me: *weeping*

过去十二年间，劳丽收到了数千封书信和电子邮件。除了首尾两节之外，这首诗全部来自这些信函和电子邮件的字里行间。

倾 听

你们写信给我们
从休斯敦、布鲁克林、皮奥里亚、拉伊、纽约、
洛杉矶、哥伦比亚特区，从美国各地
给我的邮箱，
我的空间脸书
好朋友日志低声诉说
千言万语对梅林达和
我

你们：
我也被强奸
初一时被性侵犯，
高二，毕业后的暑假，
在派对上
我那时16岁
我那时14岁
我那时5岁，他持续了三年
我爱他
我都不认识他。
他是我闺密的兄弟，
我的祖父、父亲、妈咪的男友、
我的约会对象
我的堂兄弟
我的教练
就在我刚认识他那天的夜里，而且——
四个男子轮流，而且——
我是个男孩，事情就这样发生了，而且——

……我怀孕了，女儿被人领养……

你也碰到过这种事吗？
你也是吗？

你们：
我没有被强奸，但是
我爸老喝酒，但是
我讨厌说话，但是
我哥哥中了枪，但是
我被遗弃，但是
我父母离婚了，但是
我没能加入任何团体，但是
我们失去了房子，但是
我有了秘密——七年没能
说出来
我切割
我自己我的朋友切割自己
我们全都切割切割切割自己
以释放痛苦

……我5岁的堂弟被强奸了——
现在
他开始把这一切表演出来……
你有过自杀的念头吗？
你想杀掉他吗？

你们：
梅林达很像我认识的这位女孩
不，是这位女孩很像梅林达
（我）
我是梅林达莎拉
我是梅林达罗杰利奥我是梅林达梅根，
梅林达安倍尔梅林达史蒂芬

托丽菲力浦娜芙地亚迪亚拉
马特奥克里斯蒂娜贝丝
它一直令人痛苦,但是
但是
但是
但是
这本书打碎了我的壳
它一直令我痛苦,但是
但是你的书打碎了我的壳。

你们:
我读它的时候哭了。
我读它的时候笑了。
那是无声的吗?
我和那个女孩坐在一起——
你知道的,那个女孩——
我和她坐在一起因为午餐时
没有人和她坐一起
我是一名拉拉队员,就是这样
《说出来》改变了我的生活
打碎了我的壳
促使我思考
派对的事
给了我
翅膀这本书
使我开口
我低语,呐喊
卷起袖子我
讨厌说话但是
我正在尝试。

你让我想起我是谁。
谢谢。

又及:我们班将分析这件事,永不停息。

我:
我:
我:(哭泣)

说出来

[美] 劳丽·哈尔斯·安德森 著

吕良忠 译

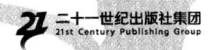

二十一世纪出版社集团

献给桑迪·伯恩斯坦，
感谢你帮助我找到自己的声音；
同时献给我的丈夫格雷格，
感谢你的倾听。

第一学期

欢迎来到美时高中

这是我高中入学第一天的早晨。我有七个新笔记本和一条讨厌的裙子，还有点胃痛。

校车喘息着开到我所在的街角停了下来。车门开启，我上了车。我是今天第一个上车的人。当我站在过道上的时候，司机已驶离路边。坐哪儿呢？我从来就不喜欢后座，因为坐那儿就像个垃圾桶一样。假如我坐中部的位置，可能会有陌生人坐到我旁边。假如我坐前排，这会让我看上去像个小孩子，但我一琢磨，坐前排的座位最适合与朋友眼神交流，要是她们当中有谁已决定和我交谈的话。

校车又接到三五成群的学生。他们顺着过道向后走，我初中时的实验室搭档或体育馆伙伴都瞪着我。我闭上双眼。这正是我一直担心的事。校车驶离最后一站时，只有我还是孤零零地坐着。

司机换了低速挡，载着我们翻过一座座小山。发动机当啷作响，后面的几位男生喊了几句脏话。有人用了太多的古龙香水，我想要开窗，但上面的插销一动不动。我身后的一个男生打开早餐，用包装纸投中了我的后脑勺，纸团随后又弹到我的膝盖上，引发了一阵狂笑。

校车进入校门时，门卫正在涂改门前的标牌。标牌上原来写的是"美时高中——特洛伊木马的家园",校董事会认为对节制的理念传达得还不够强烈,于是把我们改成了"蓝魔"。我想,这大概是因为你对魔鬼好歹比对特洛伊木马了解得多吧。学校的颜色将是一成不变的紫色和灰色。校董事会不愿意花钱制作新的校服。

上课铃响之前,老生们可以四处溜达,但高一新生全被赶进了大礼堂。我们被划分为若干"部族":运动员,乡村俱乐部成员,白痴学者,拉拉队,人类废物,欧洲败类,美国未来法西斯主义者,大背头波动指数,玛莎人,蒙难艺人,悲剧诗人,哥德人,碎纸机。我不属于任何"部族"。我把八月的最后几个星期都浪费在那些劣质的卡通片上了。我没有去铁圈球场,没去湖边,没去游泳池,也不接电话。顶着不合适的发型,穿着不喜欢的服装,怀着不对劲的心态,我进入了高中。我甚至找不到一个可以和我相邻而坐的人。

我成了弃儿。

寻找以前的朋友毫无意义。我们那个名为"质朴女孩"的部族已经分崩离析,它的碎片正被各个敌对派系吸纳。妮科尔和运动员部族混到了一起,正在互相炫耀夏季联赛留下的伤疤。艾薇则在通道这边的"蒙难艺人"和另一边的"悲剧诗人"之间游移不定。她有多重性格,可以在两个群体之间进退自如。杰茜卡搬到了内华达州——这算不上什么损失。不管怎么说,她都更像是艾薇的朋友。

我身后的孩子们正在大笑。我知道他们在嘲笑我。我忍无可忍地转过头去。我看见一群女孩围着雷切尔,她们身上的衣服明显不是从富人聚居的曼哈顿东区广场买来的。雷切尔·布莱恩曾经是我最好的朋友。她正盯着我左耳上方的什么东西看。一些话已经涌到了我的嘴边。这个女孩和我一起熬过了雀斑期，她教会我游泳，熟知我的父母，从不嘲笑我的卧室。如果说在整个银河系还有什么人让我渴望告诉她真正发生的事情，那就是雷切尔。我的喉咙有被灼伤的感觉。

刹那间，我们四目相遇。她几乎无声地说了一句："我恨你。"说完就转身背对着我，和她的朋友们大笑起来。我紧咬嘴唇。我不会再为那件事劳神。它很丑恶，但它已经结束，我不会再想它。我的嘴唇咬出了血，像金属的味道。我得坐下来。

我站在礼堂中央的过道上，活像一只国家地理特刊上受伤的斑马。我在寻找某个人，只要能让我坐在旁边，谁都行。"捕猎者"正在逼近：一个留着灰色运动寸头、脖子比头还粗的家伙吹着哨子走过来。他看上去像是一名社会学的老师，却被请去做了某项流血运动的教练。

脖子老师说："坐下。"

我胡乱找了个座位坐下。另一只"受伤的斑马"转身冲我微笑。她至少有五颗牙齿需要矫正，脚上穿一双大号的鞋。"我叫希瑟，来自俄亥俄州。"她说，"我刚到这儿，你呢？"我还没来得及回答，灯光就暗了下来，对新生的教导开始了。

  高中盛行的十大谎言
  1. 我们会帮助你的。
  2. 上课铃响之前，你有足够的时间赶到教室。

3. 学校会强制执行着装规定。
4. 校园禁止吸烟。
5. 今年我们的足球队会赢得冠军。
6. 在这里,我们对你满怀期待。
7. 你总能找到辅导员听你倾诉。
8. 你的计划是根据你内心的需要创建的。
9. 你的储物柜密码是私密的。
10. 这几年值得你深情回望。

我的第一堂课是生物学。我找不到教室,在大厅徘徊时第一次被记过。这时是早上八点五十分。距离毕业只有六百九十九天七个课时了。

我们的老师是最好的……

我们的英语老师没有脸。她乱蓬蓬的绳状长发垂到肩部,从头顶到耳旁都是黑色,再往下到卷曲的发梢却变成了霓虹般的橘色。我怀疑她要么是得罪了理发师,要么正在化作一只黑脉金斑蝶。我叫她"长发女"。

由于看不见我们,长发女单是点名就花了二十分钟。她总是向下盯着桌子,这时长发就垂下来遮住了脸。点完名剩下的时间里,她不是在黑板上写字,就是对着墙角的旗子大谈必读书目。她要求我们每天记班级课堂日志,但承诺不会去读。于是,我把她留给我的奇怪印象写进了当天的日志里。

社会学课也要求我们写日志。学校肯定指望这些日志能卖个好价钱。上了九年学,我们第九次学习美国历史。又一次回顾看图技巧,再花一个星期了解美国原住民,在哥伦布发现美洲的纪念日里重温克里斯多弗·哥伦布,在感恩节了解清教徒。每年他们都会说,我们要跟上时代的步伐,可我们却总是在工业革命里裹足不前。我们初一时已经学过了第一次世界大战——谁知道全世界曾经卷入过这样一次战争?我们需要更多的假期,缩减课时,那样,社会学的老师们才会加快进度。

教社会学的正是脖子老师,就是那个在礼堂里咆哮着叫我坐下的家伙。他还记得我,真叫人备感亲切。"我早就注意到你了。坐到前排来。"

我也很高兴再见到您。我敢打赌,他一定是得了创伤后压力症,要么是越南战争,要么是伊拉克战争——反正是某次电视上播放的战争让他留下了病根。

众目睽睽

社会学课后,我找到了我的储物柜。柜子的锁有点紧,但我还是打开了。我一头扎进第四节课后用餐学生的洪流,沿走道顺流而下,来到餐厅。

高中第一天不要自带午餐,这一点不言而喻。大家都能接受的时尚是什么? 这一点你无法判断。就拿便当袋来说吧——

究竟是郊区民众的卑微风格，还是终端黑客的行头？还有隔热的便当袋——究竟是拯救地球的时尚良方，还是通过它让人知道你有一位包办一切的妈妈？去买份午餐是我的不二之选。而且还能让我有时间扫一眼餐厅，说不定甚至在某个不起眼的角落找到一张友善的面孔呢。

今天的热菜是火鸡肉，配鸡汤土豆泥、肉汤、湿漉漉的青菜，还有一块甜饼。我还不知道该怎样点餐，于是我把餐盘滑过去，让午餐服务员去把它装满。我前面是一位身高八英尺的老生，他什么也没说，不知怎么就得到了三个芝士堡，一些炸薯条，外加两个巧克力蛋糕卷。说不定是因为他的眼里有某种莫尔斯密电码。这有待进一步去研究。我跟着这位"篮球杆"走进了餐厅。

我看见了几个朋友——我过去当作朋友的人，但她们都看着别处。快速思考，快速思考。我看见新来的女孩希瑟正在窗边看书。我可以坐到她对面。我也可以蜷缩在垃圾桶后面。也许我还可以把午餐直接倒进垃圾桶，然后头也不回地走出餐厅大门。

篮球杆向满桌的朋友挥手——不用说，全都是篮球队的。他们都朝他说了些咒骂的话——这些满脸粉刺的运动男孩总喜欢用某种奇特的方式打招呼。他面露喜色，哈哈哈地笑了。我想跑得离他远一些。

啪！一块肉汤土豆泥不偏不倚砸中了我的胸口。所有闲聊戛然而止，整个餐厅里的人都目瞪口呆地看过来，我憋得通红的脸在他们的视网膜里燃烧着。他们会永远把我称作"那个开学第一天被土豆钉住的女生"。篮球杆在道歉,还说了些什么,但四百人突然爆发出一阵狂笑,把他的声音淹没了,而我又读不懂他的唇语。我扔下餐盘,夺门而逃。

我飞快地跑出餐厅。要是田径教练碰巧看见,准会把我招进田径队。但是没有。值班的是脖子老师。对十秒内跑完百米的女生来说,脖子老师毫无用处,除非她们愿意手持橄榄球一路狂奔。

脖子老师:"我们又见面了。"

我:

假如我说"我要回家换衣服",或者说"那家伙干的好事您都看见了吗",他会听吗?绝不可能。我只好闭上嘴巴。

脖子老师:"你想要去哪儿?"

我:

还是什么都不说更容易些。默不作声,紧锁双唇,三缄其口。你在电视上听来的所有那些关于交流和表达情感的废话都是谎言。有些话你非说不可,却没人真正想听。

脖子老师在他的小本上记了一笔。"我自打第一眼见你,就知道你不是盏省油的灯。我在这里做了二十四年老师,我只需要盯着孩子们的眼睛,就知道他们脑子里在打什么鬼主意。可别怪我没有提醒过你。你未经许可在大厅闲逛,已经被记了一次过。"

避难所

午餐后是美术课,对我来说,就像噩梦后盼来了美梦。教室在楼的另一端,长长的窗户朝南而开。雪城[1]光照不太充足,所以美术教室的设计力求不错过每一缕阳光。教室落满灰尘,却并不显得脏,地板上随处可见颜料脱水后留下的斑点,墙上张贴的素描上面全是饱受摧残的青少年和胖乎乎的小狗,架子上则堆满了陶罐。收音机开着,是我最喜欢的电台。

自由人[2]老师长得很难看。他的体型像一只大号的老蚱蜢,整个人活像马戏团里踩高跷的家伙。他的鼻子像一张扁平的信用卡,深陷在两眼之间。不过,当我们鱼贯而入时,他始终面带微笑。

在一个转动的罐坯上方,他佝偻着身子,两只手上全是红土。"欢迎来到唯一教你们如何生存的课堂,"他说,"欢迎来上美术课。"

我在紧靠讲台的课桌边坐下来。艾薇也在这个班,她坐在门边。我一直盯着她看,想让她也看我。这种事情在电影里屡屡发生——当被人注视的时候,人们会有所感应,然后转过

---

[1] Syracuse:雪城,美国纽约州中部城市,又译为锡拉丘兹。
[2] 老师名叫 Freeman,意为"自由人"的意思。此处有双关的含义。

头说点什么。要么是艾薇的气场太强大，要么是我的眼睛发出的激光还不够强，总之她没有回头看我。我希望能坐在她身边，因为她对美术很在行。

自由人老师关掉了放着陶坯的转盘，也不去洗手，直接抓起一截粉笔，在黑板上写下"灵魂"两个字。字上面留下了红土的条纹，如同风干的血迹。"要是有胆量的话，在这里，你们可以找到自己的灵魂。你们能触碰到以前从来不敢直视的部分。不要跑这儿来让我示范如何画一张脸，而是要让我帮助你们去发现风。"

我偷偷看了一眼后面。大家正在拼命地挤眉弄眼，交换眼神。这家伙很特别。他肯定能洞察一切，他肯定知道我们在琢磨什么。他还在滔滔不绝地演讲。他说，我们毕业时肯定能读会写，因为我们会花一百万个小时去学习如何读写。（我可以作证。）

自由人老师："为什么不把那些时间用在美术上，比如去学习着色、雕刻，或者画炭笔画、粉蜡笔画和油画？文字和数字比图画更重要吗？这是谁定的？代数能让你感动得落泪吗？"（有人以为他需要回答，纷纷举手。）"复数所有格能表达你们心中的情感吗？如果现在你们不去学习美术，你们就永远无法学会呼吸！！！"

这还没完。一个质疑语言价值的人，却发表了这样的长篇大论。我开了个小差，再回过神来的时候，看见他正抓起一个巨大的、北半球缺了一半的地球仪。"谁能告诉我这是什么？"他问。"地球仪？"后排有人试着回答。自由人老师翻了个白眼。

另一个学生问道:"这是一座昂贵的雕塑,被某个孩子弄到地上,于是他只好自己掏钱来赔,要不学校就不会让他毕业,是这样吗?"

自由人老师发出一声叹息。"太缺乏想象力了。你们才多大,十三岁?十四岁?你们的创造力已经被他们榨得一干二净!这是一个旧地球仪,以前每当外面太湿、不适合户外活动的时候,我就让我女儿在我的工作室里到处踢着它玩。有一天,詹妮的小脚丫踢穿了得克萨斯,美国就这样变成了海里的碎片。瞧,这就是——一个创意!这个破球可以用来表达如此强有力的想象:你们可以用它当题材画一幅画,人们正从破洞里逃出来,一条鼻子湿漉漉的狗正在大嚼阿拉斯加——可以画的东西无穷无尽。这恐怕太难了,但你们有足够的能力去完成。"

嗯?

"你们每个人从地球仪里抽取一张纸片。"他在教室里走了一圈,这样我们都从地球里面抽了一张红纸。"你们会发现纸上有一个词,都是某种事物的名称。希望你们喜欢。今年剩下的时间里,你们将学习怎么把抽到的东西变成一件美术作品。可以雕刻,可以画素描,可以用混凝纸制作,也可以切割。要是今年计算机老师能和我言归于好,你们还可以到研究室去做电脑设计。但是得有个条件——到年底,你们必须想方设法让你们的东西说点什么、表达某种情感,让它对每位观众说话。"

有些人在抱怨。我有点反胃。他真的能让我们做这个吗?这听起来似乎太有趣了。他在我桌边停了下来。我把手伸进地球仪最深处,拈出了我的纸片。"树。"树?这简直易如反掌。我小学二年级就学过怎么画树了。我伸手想另取一张。自由人老师摇了摇头。"啊啊啊,"他说,"抓到什么都是天意,你不能更换。"

他从制陶转盘下面拖出一桶黏土,扯下拳头大小的泥球,朝我们每人扔了一块。然后他调高收音机的音量,大笑起来。"欢迎大家踏上这段旅程。"

ESPAÑOL[①]

西班牙语老师打算整个学年都不对我们说一句英语。这真是既有趣又有用,因为这样一来,我们会很容易无视她。她用夸张的姿态和演戏的方式跟我们交流。整个课堂都像在玩猜谜游戏。她说一句西班牙语,同时把手背放到自己的额头上。"你发烧了!"有人叫道。她摇头表示不对,又重复了一遍刚才的姿势。"你头晕!"错了。她走到教室外面的过道,然后突然夺门而入,看上去忙作一团,心烦意乱。她转过身来,做出一副看见我们让她非常惊讶的样子,然后又玩了一遍把手背放到额头上的把戏。"你迷路了!""你生气了!""你上错中学了!""你走错国家了!""你走错星球了!"

她只好又试了一次,用手掌狠狠地捆自己的额头。由于用力

---

① 意为:西班牙语。

过大,她险些跌倒。她的额头变成了唇膏一样的粉色。猜谜还在继续。"你想不起班上有多少个学生!""你忘记了怎么讲西班牙语!""你得了偏头痛!""要是我们还猜不出,你就真的要得偏头痛了!"

实在无可奈何,她只好在黑板上写了一句西班牙语:Me sorprende que estoy tan cansada hoy. 没有人能看懂。我们不懂西班牙语——要不谁会跑这儿来坐着呢。最后,几个反应快的掏出了西英词典。在这堂课剩余的时间里,我们都在尝试翻译这个句子。下课铃响了,我们才知道这句话的大意:"真想不到,这一天竟会让我如此筋疲力尽。"

家庭。作业。

我熬过了上学的头两个星期,没有发生核事故。来自俄亥俄州的希瑟午餐时会和我坐在一起,她放学后常给我打电话问英语作业。她能一连说上几个小时。我所能做的,就是把听筒放到耳边,在电话冲浪中偶尔说一声"哦"。雷切尔,还有我九年前就认识的其他人,仍然不搭理我。在学校过道里,我老是被人碰撞。有几次我胳膊底下的书本意外地被人扯落到地上。我尽量不去多想。最终都会过去的。

起初,妈妈还很不错,总是一大早准备好吃的,把食物塞进冰箱里。但我知道好景不长。我回家看见一张纸条,上面写着:"比萨,555-4892,这次给点小费。"便条上还别了一张二十美元的钞票。我家已有一套不错的系统,我们总是通过在厨房台面上贴便条的方式来交流。需要学习用品或需要坐车去购物中心的时候,我会写便条。他们则通过便条告诉我几点下班到家,或者吩咐我把什么东西从冰箱里拿出来解冻。还有什么可说的呢?妈妈再次面临人手短缺问题。她在市中心经营一家埃菲特服装店,老板提出让她到位置偏远的购物中心开一家分店,但她没兴趣。我想,她很喜欢观察人们得知她在城里工作时的反应。"你不害怕吗?"有人问她。"就是再过一百万年,我也不会去那儿工作。"妈妈喜欢做那些别人望而生畏的事情。她也许早该去做一名驯蛇师。

可正因为在市中心,她很难找到人为她工作。几乎每天都有顺手牵羊的人,还有在前门小解的流浪汉,偶尔还会发生持械抢劫。这些都让求职者退避三舍。想想看吧。现在九月刚过了两周,她已经在遥望圣诞节了。她满脑子都是塑料雪花和穿大红衣服的圣诞老人。要是九月里还招不齐员工,到了节日购物季她一定会焦头烂额的。

下午三点十分,我订了餐,坐在白色长沙发上吃。我不知道当初买那张沙发的时候,是爸爸还是妈妈癫痫发作了。要想玩在沙发上吃东西的把戏,就得把沙发垫比较脏的一面翻到上面。沙发具有双重性格:一面是"梅林达狂啖意大利香肠和蘑菇",另一面则是"报告夫人,没有人在客厅吃东西"。我边吃边看电视,直到听见爸爸的吉普驶进了车道。翻转,翻转,翻转——垫子翻过来,展露出它们优美的洁白脸蛋,然后我箭一般地冲到楼上去。等爸爸锁好门,一切都是他乐意看到的样子,而我早已不见踪影。

我的房间像是外星人住的,就像我小学五年级时谁的一张明信片上的模样。我经历过一个疯狂的阶段，认为玫瑰应该覆盖一切，而且粉色是最棒的颜色。这都是雷切尔的错。她恳求她妈妈让她重新装饰房间，于是到头来我们都有了崭新的房间。妮科尔拒绝用傻气的裙围装饰床头柜，艾薇一如既往地走夸张路线，杰茜卡把她的房间布置成荒原牛仔风格。我的房间被夹在房屋中间，仿佛是从别人那里偷来的一样。真正属于我的东西，只有一套从小开始收藏的兔子填充玩具，还有一张带顶篷的床。不管妮科尔如何取笑，我也不肯把顶篷卸下来。我在考虑把玫瑰墙纸换下来，可那样的话爸爸妈妈就会插手，爸爸就会测量墙面，他们就会因为墙面的颜色争论不休。反正我自己也没想好要把墙变成什么样子。

家庭作业不是我的选项。我的床铺散发着让人昏昏欲睡的光。我无法抗拒。蓬松的枕头、温暖的被子比我更有力量。我别无选择，只好钻到被窝里舒服地蜷伏起来。

我听见爸爸打开了电视。叮当，叮当，叮当——他把冰块放进厚底酒杯，倒了些酒。他打开微波炉——我猜是热比萨——又砰地关上门，然后我听见计时器发出嘀嘀的声音。我打开收音机，这样他就会知道我在家里。我不会真睡着。就在这种半梦半醒的状态里，在通往睡眠之路的休息站，我可以待上几个小时。我甚至不需要合眼，只是安全地待在被窝里，放松地呼吸。

爸爸调高了电视的音量。新闻节目主持人的声音响起："一座房屋着火导致五人丧生！少女受到侵害！加油站抢劫案嫌疑犯是几个少年！"我轻咬着下唇的一个疤。爸爸不停地换台，看同样的新闻一遍又一遍地播放。

我打量着房间另一边镜子里的自己。我的头发全藏在被子下。我看着脸的形状。我能像希腊神话中的德律阿德斯[①]那样,把脸放到我的树上吗?在黑色破折号般的眉毛底下,是两只泥泞一样浑浊的眼睛,下面是小猪般的鼻孔,嘴唇上都是撕咬后留下的狰狞模样。这绝不是德律阿德斯的脸。我不停地咬嘴唇,仿佛那属于别人,属于某个素不相识的人。

我钻出被窝,取下镜子。我把它放进壁橱最里面,镜面冲墙。

我们无所畏惧的校长大人

我躲在盥洗间,想等到外面没有人时再出去。我窥视门外。校长大人看到了另一个在走道里游荡的学生。

校长大人:"你有迟到通行证吗,先生?"

游荡的学生:"我这就去拿一张。"

校长大人:"可是没有通行证,你就不能跑到走道上来。"

游荡的学生:"我知道。我都烦透了。所以我要赶时间,那样才能拿到通行证。"

校长大人停顿了一下,脸上露出一副达菲鸭被兔八哥作弄时

[①] 希腊神话中的树神。

的表情。

校长大人:"行了,赶紧去吧,去拿到那张通行证。"

游荡的学生飞速跑过走道,边摆手边微笑。校长大人上另一边去了,脑子里还在重播刚才的对话,想弄明白到底是哪儿出了问题。我回想刚才的事,禁不住笑出声来。

沸腾

体育馆应该被视作非法场所。它让人感到无地自容。

我在体育馆的储物柜离门最近,也就是说,我只好去厕所的小隔间里更衣。来自俄亥俄州的希瑟的储物柜紧挨着我的。她把运动衫穿在普通衣服里面。上完体育课,她会换下短裤,但那件背心却总是穿在身上。这真让我替俄亥俄州的姑娘们担忧。她们全都得穿背心吗?

在体育馆里,除了希瑟,我认识的人就只有妮科尔了。我们曾经属于同一部族,但彼此向来不太亲近。刚开学时,她眼看就要对我说点什么了,但随后就两眼看着脚下,把她的耐克鞋带重系了一遍。因为是足球队队员,妮科尔有一个宽大的储物柜,位于一个隐秘而通风的壁龛里。她对当众更衣满不在乎。她甚至还换文胸——平时上课戴一个运动文胸,体育课换上另一个。她自顾自地更衣,从不会脸红,也不会转身避人。这肯定是运动员的习性。假如你也那么强壮,就不会在意别人对你的胸部或臀部说三道四了。

九月将尽,我们开始了曲棍球的训练单元。曲棍球是一种泥泞运动,只能在潮湿多云、像要下雪的天气下进行。这玩意儿是谁发明的?妮科尔在曲棍球场上势不可当。她快速冲向前场,所到之处泥土四溅,靠近她的人都免不了沾上一身烂泥。她手腕轻轻一动,球进了。她面带微笑跑回中圈。

凡是与球和哨子有关的运动,妮科尔没有不会的。篮球、垒球、长曲棍球、橄榄球、足球、英式橄榄球,随便什么都行。她还能使这些运动看上去都毫不费力。男生也跑来观摩,向她学习怎么能玩得更好。但这些并不妨碍她做一个可爱的女孩。刚过去的这个夏天,在一个运动员营地之类的地方,她磕碎了一颗牙,这反倒让她显得更可爱了。

妮科尔在体育馆老师们的心中占据了特殊的位置。她充分展现了她的潜力。他们看着她,就像看到了未来的州冠军,还有加薪。有一天,她和我所在的球队比赛。在我们的球队吓得落荒而逃之前,她已经打进了三十五个球。体育老师只好让她当裁判。我们的球队不仅输掉了比赛,四位女孩还受伤去了医务室。妮科尔根本没有什么犯规的概念。她来自体校,在那里,人们奉行的是"不玩到非死即残,肯定没完"。

要不是考虑到她的态度,我面对这些事将会容易得多。我分到的蹩脚储物柜,像蛾子一样在我四周飞来飞去的希瑟,寒冷的早晨站在泥地里观摩"勇士公主"妮科尔,听教练赞扬她——我只能接受这些,让生活继续下去。可是,妮科尔是那么友好。她甚至和来自俄亥俄州的希瑟说话。她告诉希瑟哪儿可以买到护口器，这样万一被球击中牙套也不会割破嘴唇。现在希瑟想买一个运动文胸。妮科尔并不是一个泼妇。她要是个泼妇就好了，那样我就可以随心所欲地憎恨她。

朋友

雷切尔和我都在盥洗间。得纠正一下。罗谢尔和我都在盥洗间。她改了名字。罗谢尔总和外国交换生待在一起，这使她的欧洲血统获得了重生。开学五个星期后，她学会了用法语宣誓。她穿脱了丝的黑色长筒袜，不剃腋毛。她朝空中挥手时，你会不由自主地联想到年幼的黑猩猩。

难以置信，她曾经是我最好的朋友。

在盥洗间里，我摸索着把隐形镜片放进右眼。她正在把睫毛膏抹在两眼下方，让自己看上去疲惫而苍白。我真想跑出去，避开她那邪恶的目光，但我的英语老师长发女正在大厅巡逻，我忘记上她的课了。

我："嗨。"

罗谢尔："嗯。"

然后又如何呢？我打算彻头彻尾冷酷到底，就像什么都没发生一样。想想冰吧。想想雪吧。

我:"你怎么样啊?"我用手撑开眼睛,想把镜片放进去。真够冷酷的。

罗谢尔:"嗯。"她不小心把睫毛膏抹进眼里,揉眼时又弄得满脸都是。

我不想装酷。我想抓住她的脖子,摇晃她,朝她怒吼,让她别再把我当成垃圾。她甚至不肯花点心思去发现真相——这是怎样的朋友啊?我的镜片在眼皮下面对折了。我的右眼热泪盈眶。

我:"哎哟。"

罗谢尔:(喷鼻息。站在镜子边上,头左右摇摆,欣赏她两侧颧骨上那像鹅屎一样黑乎乎的东西)"Pas mal.①"

她嘴上叼着一支糖果香烟②。罗谢尔极想抽烟,但她有哮喘病。她开始尝试的这种新事物,对高一学生来说真是闻所未闻。糖果香烟。交换生喜欢这玩意儿。接下来你会知道,她还会喝黑咖啡,阅读没有插画的书籍。

一位交换生冲水后走出了隔间。她看上去很像一位名叫格丽塔或英格丽的超级名模。美国是矮胖少年的唯一国度吗?她说了句外语,罗谢尔笑了。对,就像她听懂了似的。

---

① 法语,意为"还不坏"。
② 用糖、胶和巧克力制作而成的一种糖果,用纸作包装,形似香烟。有的包装纸内暗藏有糖粉,可从一端吹出"烟雾"。

我：

罗谢尔把一个糖果香烟的烟圈吹到我脸上。把我吹倒吧。让我像一个热乎乎的小圆饼那样掉落在冰冷的厨房地板上。罗谢儿和格丽塔-英格丽步履轻快地走出了盥洗间。她们俩谁的靴子上也没有粘上厕纸。天理何在？

我需要一位新朋友。我需要一个朋友，阶段性的。不是真正的朋友，不必亲密，不必分享衣服，不必叽叽喳喳地一起过夜。只要一个伪装的朋友，可以随意抛弃的朋友。像配件一样的朋友。只有这样，我才不会觉得自己那么傻，别人才不会觉得我那么傻。

在当天日志的开头，我写道："交换生正在毁掉我们的国家。"

希瑟在行动

在放学回家的校车上，希瑟想劝诱我加入一个社团。她有一个计划。她想我们俩加入五个社团，周一到周五每天一个。选社团时，让人觉得棘手的是，你得选择那些有合适的人的社团。拉丁舞社团就算了，保龄球社团也不用考虑。其实希瑟喜欢保龄球——这在她以前的学校很热门——但看过我们的保龄球道后，她断定，没有什么合适的人会去那儿。

到希瑟家的时候，她妈妈在门口接我们。她问及我们这一天所有的事情，问我住城里多久了，还旁敲侧击地打听我父母的情况，据此判断我是不是她所希望的女儿应当结交的那种朋友。但我不在乎。她关心我，这就很好。

由于装修还没有结束，我们不能去希瑟的房间。怀抱一大碗橙色爆米花和无糖汽水，我们躲到了地下室。装潢师最先完成了那里的装修。你很难把它称作地下室。脚下铺了地毯，质地比我家客厅用的还好。巨大的电视在角落里发出光亮，还有一张台球桌，以及健身器材。这里根本闻不到那种地下室特有的气味。

希瑟跳上跑步机，开始筹划。她关于美时高中社会活动的调查还没有完成，但她认为从国际社团和精选合唱团着手比较好。也许我们可以报名参加音乐剧演员的选拔。我打开电视，边看边吃爆米花。

希瑟："我们应该怎么办？你想加入哪个社团？也许我们应该去小学当助教。"她调快了跑步机的速度，"你去年的朋友们都怎么样？你不认识妮科尔吗？她参加所有运动，不是吗？我对运动可不在行。我太容易跌倒。你想干什么呢？"

我："什么也不干。那些社团都很没劲。你来点爆米花吗？"

她再次调快了速度，突然开始冲刺。跑步机声音很大，我几乎听不清电视。希瑟朝我晃动手指。"畏缩不前是高一学生常犯的错误，"她说。我可不会被她吓倒。"我必须参与，这样才能融入学校。所有受欢迎的人都是这样做的。"她调慢了跑步机，用挂在机器旁边的厚毛巾擦了擦额头。又经过几分钟的缓和运动，她跳了下来。"消耗了一百卡路里。"她叫道,"你也来试试吗?"

我颤抖着把爆米花碗递给她。她径直走过去,从咖啡桌上拿起一支笔,笔端缀有"美时紫"颜色的绒球。"我们必须制订计划。"她煞有介事地说。她画了四个方框,每个代表一个学期,然后在每个方框里写上"目标"二字。"如果不知道自己的目标,我们就会一事无成。大家都这么说,这简直是至理名言。"她打开汽水,"你的目标是什么,梅尔?"

我过去曾和希瑟一样。这两个月里我改变这么大吗?她很快乐,有活力,心肺功能良好。她有一个亲切的妈妈,有一台很棒的电视机。但她就像一条狗,不停地想跳到你的膝盖上来。她总是和我一起走过过道,一路上口若悬河地唠叨,没完没了。

我的目标是回家睡一觉。

藏身之所

昨天,长发女从自习室把我一把拉起来,强迫我到她的办公室补做没完成的家庭作业。(她的声音因急切而发抖。她还提到要见我父母。大事不妙。)没有人告诉我今天到图书馆上自习课。等我知道的时候,自习都快结束了。我死定了。我本想向图书馆员解释,但一时张口结舌,什么也没说出来。

图书馆员:"冷静,冷静。没事的。别难过。你是梅林达·索蒂娜吧,对吗?别担心。我会记录你来了。让我来告诉你怎么做。要是你感觉自己就要迟到了,你可以向老师要一张迟到通行证。明白吗?用不着掉眼泪。"

她举起一张绿色的小板——我刑满出狱的卡片。我对她微笑,想憋出一句"谢谢你",但还是什么也没说出口。她认为,由于她让我免于崩溃,我应当感激涕零。差不多是这样吧。剩下的时间不够午睡了,于是我借了一大摞书。图书馆员很高兴。说不定我真会读一本呢。

彼时彼地,我还没有想出什么妙招。但当脖子老师追着我跑过餐厅,催我交那份题为"易洛魁人密林生存二十种方法"的家庭作业的时候,我心生一计。我假装没有看见他。我抄近道穿过取餐的队列,绕过一对躲在门边接吻的男女,走向大厅。脖子老师停下来驱散这对公开秀恩爱的家伙,我趁机逃到了高年级所在的侧楼。

我来到一个此前新生从未涉足的陌生领地。但我没有时间观赏眼前的事物。我还能听到脖子老师的声音。我拐了一个弯,打开一扇门,走进黑暗之中。我抓紧门把手,但脖子老师并没有来碰它。我听见他的脚步声沿着走道渐行渐远。我在门边的墙上摸索,找到了电灯开关。我闯进的不是一间教室,而是一间看门人以前用过的小屋,里面弥漫着一股臭海绵的味道。

后墙上是嵌入式书架,上面摆满了尘封的教科书和几瓶漂白剂。在一堆墩布和扫帚后面,一把脏乎乎的扶手椅和一张老式书桌似乎在向外窥视什么。水盆里散落着死蟑螂,蛛网密布，水盆上方斜挂着一面破裂的镜子。水龙头锈迹斑驳，已无法拧开。很久没有看门人跑到这间小屋来受冻了。他们在入口处有了新的休息室和库房。女孩们经过入口的时候，看门人总是盯着她们看，还轻声地吹口哨，于是所有女孩都躲着他们。这是一间废弃的小屋，没有用途，没有名称，但对我却是一个完美的所在。

我从长发女桌上偷了一叠迟到通行证。这下子我感觉好多了。

魔鬼搞破坏

由于返校节①前要召开赛前动员会，这对我来说不仅意味着不用上代数课，而且还给我留出了打扫小屋的绝好时间。我从家里带来了一些海绵——没必要在垃圾堆里混日子。我还想偷运一张毛毯和一些百花香进来。

我打算先随着人群去礼堂，然后潜入洗手间，直到外面空无一人再溜出来。按照计划，我顺利地躲过了老师，但却忽略了希瑟。正当那间"逃亡洗手间"映入眼帘的时候，希瑟喊着我的名字，还跑过来，抓起我的胳膊。她为美时高中深感自豪，整个人都兴高采烈。她以为我也和她一样愉快而激动。我们成群结队地去洗脑，她一路说个不停。

---

① 返校节是美国各地高中及高等院校一年一度的传统活动，一般安排在九月下旬或十月，学校在周末迎接校友探访母校。庆祝活动通常包括集会、游行和舞会，通常以一场美式橄榄球赛压轴。

希瑟："这真让人激动啊——赛前动员大会！我还准备了一些绒球,来,你也拿一个吧。在大家挥手的时候,我们看起来会很棒。我敢打赌,新生班最有精气神了,你说呢?我一直想参加动员大会。你能想象吗,这就好比你是橄榄球队的成员,全校都支持你。这真带劲!你认为他们今晚会赢吗?他们会赢,我就知道他们会赢。到目前为止,这个赛季真不容易,但我们会让他们一路获胜,不是吗,梅尔?"

她的热情让我恼火,但嘲讽的话她是听不进去的。况且,去参加集会也要不了我的命。我有人可以坐在一起了——这相当于在社交方面又上了一个台阶。一次集会又能让情况差到哪儿去呢?

我想站在门边上,但希瑟拉着我走进了露天看台的新生方阵。"我认识那些家伙,"她说,"他们和我一起办报纸。"

报纸?我们有报纸吗?

她把我介绍给一群脸色苍白、长满痤疮的人。我依稀记得少数几个;其他人一定上别的中学去了。我嘴角上扬,没有咬嘴唇。又是一个小小的进步。希瑟笑容满面,还递给我一个绒球。

我略微放松了些。我身后的一位女孩用她那又长又黑的指甲拍了拍我的肩膀。她刚才听见希瑟介绍我了。"索蒂娜?"她问道,"你是梅林达·索蒂娜?"

我转过头。她吹出一个黑色的泡泡,又吸回嘴里。我点头。

希瑟朝体育馆里认识的一位高二学生挥手。我身后的女孩使劲戳我:"你不就是暑假结束时在凯尔·罗杰斯的派对上报警的那个人吗?"

看台上,我们所在的方阵瞬间冻住了。人们纷纷朝我的方向看过来,上百台狗仔队的相机咔嚓响成一片。我的手指失去了知觉。我摇了摇头。另一位女孩插话了:"在那天的派对上,我哥哥被抓走了。他为此丢掉了工作。真不敢相信就是你干的。人渣。"

你们不会理解,我大脑里的声音回答道。太糟了,她听不见。我喉咙紧闭,就像被那两只手上的黑指甲钳住了气管。我费了那么多力气,想忘记那个愚蠢的派对上的每一秒钟,可到了这儿,我却陷入了不怀好意的人群当中,她们因为我迫不得已的行为对我心怀怨恨。我没法告诉她们真正发生的事情。那是我自己都不能面对的部分。我肚子里像有什么动物正在发出沙沙的声音。

希瑟过来轻拍我的绒球,但很快又把手缩回去了。有那么一瞬间,她似乎想要保护我。不,不,她不会的。那会妨碍她的计划。我闭上双眼。呼吸呼吸呼吸。什么也不要说。呼吸。

拉拉队翻着筋斗进了体育馆,并开始呐喊。人们在看台上跺脚,欢呼回应。我把头埋在双手之间,拼命大喊,发出动物般的声音,把那个夜晚的某些事说出来。没有人听见。他们全都激情飞扬。

乐队唱歌时不停地摇摆,拉拉队员蹦蹦跳跳。吉祥物"蓝魔"

以后空翻直接来到校长席前，赢得了长时间的起立鼓掌。校长大人笑了，这让我们大跌眼镜。开学到现在才过了六个星期呢。看来他还残存了一丝幽默感。

最后，我们自己的魔鬼队突然入场。同一群男孩，小学时因为把别人打得惨不忍睹而被拘留，现在却因此备受赞赏。他们把它叫作橄榄球。教练介绍球队。我分不清他们。这位名叫"灾难"的教练把话筒放得离嘴太近，我们听到的全是他吐唾沫和呼吸的声音。

我后排的女孩用膝盖顶住我的后背。她的膝盖和她的指甲一样锋利。我在座位上慢慢朝前滑动，想使自己心无旁骛地关注球队。这个哥哥被逮捕的女孩身体向前倾斜。在希瑟摇动绒球的时候，后排的女孩猛地抓住我的头发。我差点扑到前面男孩的背上。他回过头，轻蔑地瞥了我一眼。

教练总算把沾满口水的话筒递回给校长，校长又把我们介绍给我们自己的拉拉队。拉拉队员开始劈叉，人群沸腾了。我们的拉拉队比橄榄球队得分还高。

拉拉队

拉拉队共有十二名队员：詹妮，珍，詹娜，艾希莉，奥布里，安布尔，科琳，凯特林，玛茜，唐纳，布利芩，还有雷文。雷文是队长，也是这群金发碧眼的队员里最出挑的。

我的父母没有让我信教。要说有什么称得上让我们崇拜的，那就是维萨卡、万士达卡和美国运通卡①的三位一体。我想，由于没上过主日学校②，我很难理解美时高中的拉拉队。这不能不说是一个奇迹，此外别无解释。她们怎么可能在星期六晚上还和橄榄球队一起过夜，到周一就摇身一变成了贞洁的女神呢？这就好比同时过着两种生活。在一号宇宙里，她们华丽无比，齿如编贝，双腿修长，包装专业时尚，十六岁生日会得到一辆跑车。老师们对她们微笑，为她们的曲线打分。她们叫得出教职员工的名字。她们是特洛伊木马的骄傲。哎呀——我的意思是，她们是蓝魔的骄傲。

在二号宇宙里，她们举办足以招徕大学生的狂热派对，爱慕雅克香水。春假期间她们到坎昆③租住海滨别墅，在毕业舞会前以团队优惠价去做人工流产。

但她们是如此多娇。她们为男孩加油，煽动他们采取暴力，而我们则渴望胜利。这就是我们的楷模——一群得天独厚的女孩。我敢打赌，她们没人会口吃，没人会把事情搞砸，没人会感觉脑髓融入了棉花糖浆。她们都有美丽的嘴唇，用口红精心描画出轮廓，被涂抹得流光溢彩。

动员会结束时，我被撞飞到三排看台以外。要是我来组建自己的部族，那我们就叫"反拉拉队"好了。我们不会坐在看台上。我们将在她们下方游荡，做一些轻微的故意伤害动作。

---

① 这三种卡均为国际知名的信用卡。
② 主日学校，基督教教会为了向儿童灌输宗教思想，在星期天开办的儿童班。
③ 墨西哥著名国际旅游城市，位于尤卡坦半岛东北角，加勒比海畔。

灵感的反义词是……过期吗？

自赛前动员会以来,整整一个星期,我一直用水彩画一些被雷电击中的树。我想把它们画得近乎于枯死,却又一息尚存。对这些树,自由人老师未置一词。他只是扬了扬眉毛。其中一幅画面太暗,你几乎看不见画上的树。

我们全都在挣扎。艾薇抽到的作业是"小丑"。她告诉自由人老师她痛恨小丑。当还是个小女孩的时候,她曾被一个小丑惊吓过,为此还接受过治疗。自由人老师说,将恐惧作为艺术的发源地,倒也很不错。另一个女生抱怨说,对她而言,"头脑"这个题目太笼统了。她想换成"猫咪"或"彩虹"。

自由人老师把双手伸向空中。"够了!请你们把注意力转移到书架上来。"我们听话地转过头瞪着书架。都是书。可这是美术课。书对我们有什么用?"当你们面对困难的时候,你们可以花点时间来向大师们学习。"他抽出一大抱书,"卡洛,莫奈,奥基芙,波洛克,毕加索,达利。他们从不抱怨主题,他们挖掘每个主题,寻找它含义的根源。当然啦,他们那时没有校董事会背着双手逼他们画画,他们有资助者,而资助者知道需要为纸张、颜料等最基本的材料掏钱……"

我们都在抱怨。他再次跑题去谈论美时高中的事情。校董事会削减了给他的供给预算,告诉他凑合着用那些去年剩下来的东西。没有新的颜料,也不再补给画纸。剩下来的四十三分钟，他都会用来唠叨这件事。屋里暖洋洋的，弥漫着阳光和颜料的气息。有三个孩子睡得死死的，眼皮抽搐，呼噜连天。

我一直醒着。我从笔记本里取出一张活页纸，拿出笔，漫不经心地画一棵树。那是我小学二年级时的版本。真叫人绝望。我把它揉成一团，重新拿了张纸。在一张纸上画一棵树，这能有多难？两条垂直线代表树干，也许画上几条粗枝，一堆细枝，然后画上大量的树叶来掩盖败笔。我画一条水平线代表地面，树旁再添一株破土而出的雏菊。反正我觉得自由人老师也看不出画里面蕴藏的情感。连我自己都没看出来。他一开始就是一个很冷酷的老师。他会任凭我们面对这项荒唐的作业一筹莫展而袖手旁观吗？

表演

哥伦布发现美洲纪念日放假一天。我去了希瑟家。我本来想在家睡个懒觉，但希瑟说她"真的真的真的"想要我去她家，反正电视也没什么可看的。希瑟的妈妈装出一副见到我很高兴的样子。她给我们冲了几杯热巧克力端上楼，想说服希瑟把整个小组的人都请到她家来过夜。"没准儿梅莉会带一些她的朋友来呢。"没准儿雷切尔会在希瑟家的地毯上撕破我的喉咙呢？我没敢把我的担心告诉希瑟的妈妈。我像乖乖女那样露齿一笑。她妈妈拍了拍我的脸蛋儿。在别人希望我笑的时候，我笑得比以前更好了。

希瑟的房间装饰完工，可以参观了。看起来不像是小学五年级学生的房间,也不像高一学生的。四壁油漆一新,地毯上到处是吸尘器的线,整个房间就像是一则吸尘器广告。浅紫色的墙上是几朵颇有艺术情调的印花。书柜安装了玻璃门。还有一台电视和一部电话,作业本整整齐齐地摆在书桌上。她的壁柜只开了一条小缝,我用脚把柜门开大一些。所有的衣服都被耐心十足地挂在衣架上,分门别类——裙子挂在一起,裤子裤脚朝上用衣架夹好,毛衣则收纳在塑料袋子里,放在架子上。似乎整个房间都在尖声叫着"希瑟"。我为什么没想到这么做?我并不是说想要自己的房间也尖声叫着"希瑟",这太恐怖了。可是,轻声呼唤"梅林达"会更美好。我坐在地板上翻看她的CD。希瑟在书桌的吸墨纸上染指甲,嘴里喋喋不休。她下决心报名竞演音乐剧。可是,音乐先锋是一个很难加入的社团。希瑟既没天赋,又缺人缘。我告诉她,连想一想都是白废时间。她认为我们应该一起去试试。我觉得她一定是发胶吸多了,才会这样迷糊。我只是点头或摇头——我说"我明白你的意思",其实我并不明白;我说"这真不公平",心里却没觉得不公平。

音乐剧对我来说很容易。我是个好演员。我有一整套笑容。对付教职员工,我用羞涩的、透过刘海向上看的微笑;要是老师让我回答问题,我就挤眼假笑,并搭配快速摇头。如果爸爸妈妈想了解学校的情况,我会向上挑动眉毛,伴以耸肩。要是有人在我路过时对我指指点点或是吹口哨,我会朝远处想象中的朋友挥手,然后假装一路小跑去与她们会合。要是从高中退学的话,我也许会去做一名哑剧演员。

希瑟问我,为什么觉得他们不会让我们去演音乐剧。

我啜了一口热巧克力，烫伤了上腭。

我："我们不过是无名小卒。"

希瑟："你怎么能这么说？为什么每个人都是这样的心态？这些事真叫我搞不懂。假如我们想演音乐剧，那他们就应该让我们加入。要是他们不喜欢我们的演唱，我们可以只是站在台上什么的。这不公平。我讨厌高中。"

她把书本都推到地上，把绿色的指甲油打落到沙黄色的地毯上。"为什么在这儿交朋友这么难？这个地方水就那么深吗？在以前的中学，我可以去演音乐剧，去办报，我还做过洗车处的负责人。在这儿，人们根本不知道我的存在。我在走道里被人推来搡去，我不属于任何地方，没有人关心我。你什么忙也帮不上。你那么消极，什么事情都不去尝试，成天无精打采地四处游荡，别人在背后议论你，你也装作毫不在意。"

她砰的一声坐到床上，突然开始啜泣起来。她一边用拳头打她的泰迪熊，一边号啕大哭，哭声里间杂着失望的尖声抽噎。我不知道该做什么。我想把指甲油吸走，却反倒让油斑变得更大，看上去就像一团海藻。希瑟用小熊的方格围巾擦鼻涕。我轻轻地走到洗手间，回来时拿来了一盒纸巾和一瓶指甲油去除剂。

希瑟："对不起，梅莉。我不敢相信自己对你说了这些话。这是经前综合征，你不用管我。你对我向来很好，你是我唯一信得过的人。"她大声地擤鼻子，又用袖子揩眼睛。"看看你吧。你真像我妈妈。她说：'哭有什么用，好好过日子吧。'我知道该做什么。首先,我们要想法进入一个好的团体,要让他们喜欢我们。到明年,音乐先锋就会恳求我们去演音乐剧了。"

这算得上是我听过的最不可救药的馊主意,但我点点头,往地毯上倒了些去除剂。指甲油的颜色变浅了,成了呕吐物般的亮绿色,周围的地毯也被漂白了。希瑟见到我做的事,禁不住又流下泪来,哭着说这不是我的错。我胃疼得厉害。她的房间不够大,容不下这么多情感。我离开了希瑟家,连再见也没有说。

晚餐剧场

这对父母正在发出可怕的声音,把晚餐变成了表演艺术,爸爸模仿阿诺德·施瓦辛格,妈妈饰演格伦·克洛斯在《惊魂记》里的角色。

妈妈:(令人毛骨悚然的微笑)"你觉得自己可以捉弄我们了,是吗,梅林达?现在是大高中生了,作业不用让爸妈看了,考试不及格也不用让爸妈看了?"

爸爸:(敲击餐桌,镀银餐具被敲得直跳)"别废话了。她知道是怎么回事。期中考试成绩今天出来了。听我说,年轻女士。我只会说一遍。要么提高成绩,要么丢人现眼。听见我说的没有?提高成绩!"(转而攻击烤土豆)

妈妈:(因为被抢戏很恼火)"这让我来处理。梅林达。(她在笑。观众在发抖）我们要求并不高，亲爱的。我们只是想要你做到自己的最好。而且我们知道你的最好比现在要好得多。你曾经考得那么好，亲爱的。在我对你说话的时候，看着我。"

（受害者把白软干酪放进苹果酱里。爸爸像公牛一样大声呼气。妈妈手持餐刀。）

妈妈："我说过了，看着我。"

（受害者把豌豆放进苹果酱和白软干酪里。爸爸不吃了。）

妈妈："看着我，就现在。"

这是死亡之声，是动真格的声音。在孩提时代，这样的声音会把我吓得尿裤子。可现在没那么严重了。我直视妈妈的眼睛，然后起身洗净自己的餐盘，躲进了我的房间。由于错失了加害对象，爸爸妈妈朝对方大喊大叫。我调高音乐的音量，盖住了他们的争吵。

蓝玫瑰

经过头一天的审讯后，我试着关注生物学。我们在学习细胞，要不是放到显微镜下，你便看不到细胞以及所有这些细小的部分。我们开始使用真正的显微镜，而不是从凯马特买来的那种特价塑料制品。这倒是不错。

教生物学的是基恩老师。我有点替她感到悲哀。她原本可能成为一名著名科学家或医生之类的,可现在却被我们套牢了。她在教室前面放了一些木箱,对我们说话的时候,她总喜欢爬到箱子上。要是能减减腰部的甜甜圈,那她看上去就活像一个小巧玲珑的祖母玩偶。她有一副果冻般的身材,时常把自己包裹在一件橘红色的涤纶衣服里。她总是躲开篮球运动员,因为在他们看来,她就像一个篮球。

我有一个一起做实验的搭档,名叫大卫·佩特拉克斯,是数码精灵部族的成员。要是不戴牙箍,他可能会更帅。他有一种令老师紧张不安的才能。你会认为这样一位男孩少不了挨揍,可事实上,那些坏男孩都不管他。我得去弄明白其中的秘诀。大卫基本无视我,除了我因为反拧旋钮差点把价值三百美元的显微镜弄坏的时候。那一天,基恩老师穿了一条紫色的连衣裙,上面点缀着宝蓝色的玫瑰。太难看了。校方不应该允许老师变成那样,至少得有个提前预警什么的。学生深受震动。过了好几天,大家还在谈论那条裙子。此后就再没见她穿过。

学生除以糊涂等于代数

代数课还差十分钟下课的时候,我才溜到了我的课桌旁。斯德特曼老师瞪着我的迟到通行证看了半响。我抽出一张白纸,抄黑板上的习题。

我坐在后排,可以留意每个人,就像停车场的伙计那样。我自封为班上的紧急预警系统。我在脑子里进行灾难演习：如果化学实验室爆炸了，我们将如何逃生？如果纽约市中心发生地震，又该如何应对？要是遭遇龙卷风呢？

专注于代数是不可能的。并不是说我数学不好。去年的测试，我在班上名列前茅——凭这个我才让爸爸掏钱给我买了辆新自行车。数学很容易，因为它无需讨论。答案要么对，要么不对。给我一张数学试卷，我能答对百分之九十八的题。

可代数我就不灵了。我知道我为什么必须背九九乘法表。我能理解分数、小数、百分数，甚至几何——这都很实用。它们都是你用得着的工具，我从来没有想到它们竟然如此重要。我下了功夫，于是我成了优等生。

可是代数呢？每天都有人问斯德特曼老师，我们为什么得学代数。看得出来，这给他个人带来了巨大的痛苦。斯德特曼老师酷爱代数。对于代数，他怀有一种积分数般的诗意。他谈论代数，就像有些人谈论他们的汽车。问他为什么要学代数，他会一口气讲一千零一个故事来阐释学代数的理由。可他说的全是无稽之谈。

斯德特曼老师问，有谁能解释什么人在负数什么定理中的作用[1]。希瑟说了答案，但没说对。斯德特曼又问了一次。我？我摇摇头，露出一丝难过的微笑。这次别问我，过二十年再来问我吧。他把我叫到黑板前面。

---

[1] 代数老师因为梅林达迟到，有意出了一道生僻的题来刁难她。问题中的人名和定理的名称梅林达闻所未闻，所以她也记不清。

斯德特曼老师："谁想帮助梅林达搞清楚我们是怎样解答这道题的？雷切尔吗？真棒。"

我头脑中爆发出消防车驶离驻地的声音。这才是真正的灾难。雷切尔（罗谢尔）慢吞吞地走上来，身上穿着荷兰与斯堪的纳维亚风格混搭的蹩脚套装。她看上去有点漂亮，又有点世故。她有一双红色激光眼，眼光灼伤了我的额头。我穿着简陋的拾荒人的衣服——味道难闻的灰色圆领毛衣和牛仔裤。这一瞬间我才想起自己该洗头了。

罗谢尔的嘴唇在动，她的手滑过黑板，画了些古怪的图形，写了些数字。我一直在撕咬我的下唇。要是我咬得够狠的话，也许能把自己整个吞掉。斯德特曼老师嗡嗡地说着什么，罗谢尔的眼皮在动。她轻轻推我。我们该回去坐下了。走回座位的时候，教室里爆发出一阵咯咯的笑声。我力气不够大，没能吞下自己。

我从心里觉得我们不应该在代数上白费功夫。我们有更好的东西可以琢磨。真叫人为难。斯德特曼老师倒像是一个好人。

万圣节前夜

爸爸妈妈说我已经长大了，不能再玩"不给糖果就捣乱"的把戏。我很高兴。这样一来，我就不必承认没人邀请我和他们一起去玩。我本来也不打算告诉爸爸妈妈这个。为了装门面，我踩着脚跑回自己的房间，砰地关上了门。

我从窗户往外看。一群小怪物正沿路走过来。一个海盗，一只恐龙，两位仙女，还有一名新娘。为什么你从没见过一个孩子在万圣节前夜扮作新郎呢？他们的父母在路边闲聊。夜间危险，须有父母陪伴——高大的幽灵身穿卡其裤和羽绒服，漂浮在孩子们后面。

门铃响了。爸爸妈妈为谁去开门争吵起来。随后，妈妈一边诅咒一边开了门，然后尖声问道："哎哟，这都是谁呀？"她肯定给每个怪物只发了一小块巧克力——他们的道谢听起来毫无热情。孩子们穿过院子到下一家去了，他们的父母在街上尾随着他们。

去年，我们的部族一律扮成巫婆。我们去了艾薇家，因为她和她姐姐都化了装。我们买了衣服，还买了廉价的黑色假发。雷切尔和我看上去最棒。我们用当临时保姆赚来的钱租了黑缎面红衬里的披风。我们大摇大摆地走。那是一个异常闷热而且感觉邪恶的夜晚。我们不需要穿保暖内衣，天空晴朗，风儿习习，浮云掠过满月，月亮悬挂天际，这一切让我们觉得自己特别强大有力。我们整晚疯跑。一个不可捉摸的女巫部族！一瞬间，我真以为我们能施展法术，把人变成青蛙或兔子，从而惩恶扬善。最后，我们讨到了成磅的糖果。艾薇的父母入睡以后，我们在漆黑的房子里点燃蜡烛。半夜时分，我们手持蜡烛来到一面古镜前，想窥探我们的未来。可是我什么也没有看见。

今年，雷切尔将去参加一位交换生寄宿家庭举办的派对。这是我在代数课上听她说的。我知道我不会被邀请，以我的名声，我只会幸运地得到一张自己葬礼的请帖。希瑟正陪着几个邻居的小孩走动,好让他们的妈妈们可以待在家里。

我准备好了。我可不愿百无聊赖地整晚待在屋里,也不愿听爸妈拌嘴。我从图书馆借了一本书,名叫《德古拉》,作者是布莱姆·斯托克。很酷的名字。我钻进自己的小窝,陪伴我的是一袋玉米糖,还有小说里的吸血怪物。

名字名字名字

在万圣节后的狂乱中,校董事会站出来反对我们自称"魔鬼"。现在,我们成了"美时老虎"。咆哮吧。

为了抗议"濒危物种的减少",生态学社团正在筹划一次游行。这是学校里谈论的唯一话题,尤其是上课期间。脖子老师有类固醇狂躁症,动辄叫嚣动机、身份和神圣的校园精神。照这个进度,我们永远讲不到工业革命。

西班牙语课上,我又遭殃了。"林达"在西班牙语里是"美丽"的意思。这真是个天大的玩笑。当老师叫我的名字时,有人当场表演脱口秀说:"不,梅林达并不美丽。"

这个学期剩下来的时间里,他们都叫我"梅不美"。这种无害的玩笑,正是产生恐怖分子的最初诱因。我不知道,要是转学德语的话是不是为时已晚。我刚才想到一个能够解释所有事情的伟大理论。在那次派对上,我被外星人诱拐了。他们制造了一个假地球、一所假高中,用来研究我和我的反应。这确实可以解释我在餐厅被食物命中的事情,不是因为别的什么东西。这些外星人有一种病态的幽默感。

玛莎人

希瑟已经找到了一个部族——玛莎人。她成了一名试用期的新成员。她是怎么做到的,我一无所知。我怀疑其中存在金钱交易。这是她为自己在高中寻找立足之地的战略之一。我本来还打算跟随她的脚步。可没想到竟是玛莎人!

这是一个费钱的部族。服装必须配套、利落,还要应季。秋天,她们钟情于格子花呢子大衣搭配某种水果色的毛衣,如杏黄和苹果黄。冬天则喜欢苏格兰费尔毛衣搭配带内衬的毛料长裤,还有圣诞发饰。她们没有告诉她春天应该购置什么。我想,可能是鹅白色半身裙配衣领上绣了鸭子的白衬衫吧。

我告诉希瑟,她应该把这身时尚包装进一步打造成对上世纪五十年代具有讽刺意味的模仿——你知道,纯真和苹果派是那个年头的象征。她认为部族头领梅格、爱米莉、西沃恩不懂反讽。她们太喜欢规则。

玛莎人乐于助人。社团的名称来自圣经里的人物(最早的玛莎社团领导者后来成了洛杉矶的一名传教士)。但现在她们追随的是另一位玛莎,也就是《喷胶枪》里的圣玛莎,该女士写了几本关于活泼装饰的书。颇有康涅狄格州的风格,实乃装饰必备。玛莎人做项目,行善事。这是希瑟的理想工作。她说,她们组织罐头食品募捐,辅导城里的孩子,主办步行马拉松、跳舞马拉松以及摇椅马拉松,筹集用途不明的钱款。她们还为老师做好事。真可笑。

希瑟的第一个玛莎项目是装饰教员休息室——感恩节舞会和教师会议要用。西班牙语课后,她缠着我,求我帮她。她认为,玛莎人蓄意给她布置了一项无法完成的工作,这样她们就可以把她除名。我总想知道教员休息室是什么样。你听过那么多的传言。那里会为需要小憩的老师配备简易床吗?会为情感崩溃的老师预备廉价小包装纸巾吗?那里有没有舒适的皮椅和私人管家?还有,他们如何保管所有孩子的秘密档案?

事实上,它只不过是一间绿色的小屋,窗户很脏,散发出一股徘徊不去的烟味——尽管多年来在学校吸烟已经被视为非法。金属折叠椅环绕着一张破旧的桌子。墙上有一块公告板,张贴的内容自从美国人登月以来就没有清除过。我四处张望,但没能找到任何秘密档案。他们一定把档案放到校长办公室去保管了。

我想用打蜡的枫叶、橡子、丝带和一段很长的电线做一件桌面摆饰。希瑟负责摆餐具,悬挂横幅。她唠叨着说一些她班上的事,而我则弄坏了一张又一张枫叶。我问希瑟,在我对自己造成永久伤害之前,我们能否交换一下任务。希瑟温和地把我从电线里解放出来。她一手抓着一大把树叶,用电线缠绕叶柄——一、二——再用丝带包上电线,用热熔胶固定橡子。真可怕。我赶紧摆好餐具。

希瑟:"你觉得怎么样?"

我:"你是一个装饰天才。"

希瑟:(翻白眼)"错了,傻瓜。你怎么看这件事!我!你认为她们会让我加入吗?梅格一直对我那么好,她每天晚上都打电话找我聊天。"她围着桌子转了一圈,把我摆放的叉子再摆摆正。"你会觉得这很荒唐,就在上个月我还是那么消沉,以至于要我爸妈送我上寄宿学校。但现在我有了朋友,还学会了开储物柜,(她停下来,扬起脸)一切都很完美!"

我不必勉强敷衍她,因为就在这时,梅格、艾米莉和西沃恩走了进来,手上端着几盘小松饼和浸泡在巧克力里的苹果片。梅格朝我扬了扬眉毛。

我:"希瑟,谢谢你的家庭作业。你真是乐于助人。"我快步溜出门,让门留着一条小缝,好观察接下来会发生什么事。我们的手工作品接受检查的时候,希瑟立正站在一边。梅格拿起桌上的摆饰,从各个角度审视一番。

梅格:"干得不错。"

希瑟脸红了。

艾米莉:"刚才那女孩是谁?"

希瑟:"我的一位朋友。她是第一个让我在这儿感到自在的人。"

西沃恩:"她真令人恐怖。她的嘴唇怎么啦?看上去就像有病还是怎么的。"

艾米莉露出她的手表（表带和发带是相配的）。还有五分钟，希瑟得在老师们到来之前离开。处于试用期的含义之一就是：她不能因为干活而得到好评。

我躲在洗手间，直到知道希瑟的校车已经开走。泪水浸痛了我的嘴唇，盐的味道真不错。我在水池里把脸洗得干干净净，直到脸上什么都没有。没有眼睛，没有鼻子，没有嘴。光洁如无物。

噩梦

我在过道里看见了它。它去了美时。它跟着奥布里拉拉队长。它是我的噩梦，而我无法醒来。

它看见了我。它微笑，眨眼。幸好我的嘴唇已经缝合，要不然我会呕吐的。

我的成绩单

行为举止 B	社会研究 C	西班牙语 C	美术 A
午餐 D	生物学 B	代数 C+	着装 C
英语 C	体育 C+		

第二学期

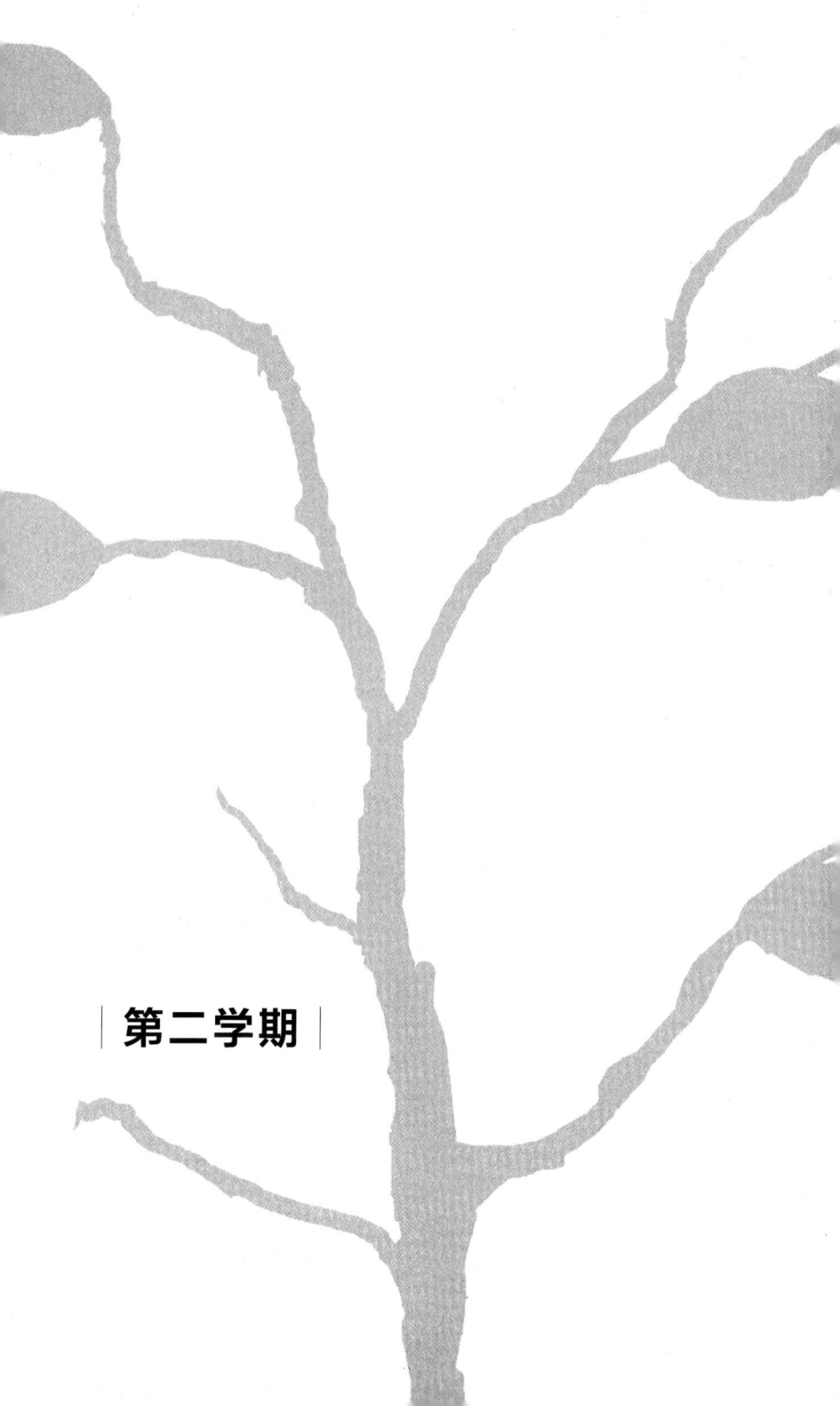

_____（填空），前进！

生态学社团赢了第二回合。我们不再叫"老虎"，因为这个名字对这种濒危动物显示了"令人震撼的不敬"。

我也感到颇受震撼。

生态学社团制作了巨幅海报。他们占据了体育版的头条：老虎被撕碎！老虎被屠宰！老虎被杀害！旁边是孟加拉虎被剥皮的图片。效果很显著。生态学社团有几个很好的公关人才。（橄榄球队本来要抗议，但事实很可悲，他们这个赛季每场比赛都输了。他们很庆幸不叫"老虎队"。别的球队叫他们"猫咪队"，因为他们实在太缺男子气概了。）学校超过半数的人联名签署了请愿书，环保人士还收到了来自众多校外团体和三个好莱坞演员的声援信。

他们把我们赶去参加一个被称作"民主论坛"的集会，并选定新的学校吉祥物。我们是谁？我们不能做海盗，因为海盗支持暴力、歧视女性。为纪念古老的麂皮靴工厂，有个男孩主张叫"鞋匠"，结果他在大家的嘲笑声中跑出了礼堂。"勇士"则可能构成对美洲原住民的侮辱。我想，名为"盛气凌人的欧洲中心族长"会很完美，但我没有吱声。

校学生会举行寒假前的投票。我们的选择是：
　　a. 蜜蜂——有益于农业，但不可冒犯，否则会让你痛苦

b. 冰山——庆祝我们欢乐的冬日天气
c. 山顶人——保证能吓倒对手
d. 袋熊——没人知道它们是否濒临灭绝

密室空间

爸爸妈妈命令我每天放学后留校请老师补课。我答应放学后留校。我在翻新的密室里消磨时间。这里看上去还挺不错。

首先要去掉的是镜子。镜子用螺丝固定在墙上，于是我用图书馆员给我的玛雅·安杰卢的海报遮住了它。她说玛雅·安杰卢是美国最伟大的作家之一。因为校董事会禁了她的一本书，她的海报只好被揭下来。如果校董事会害怕她，那她必定是一个伟大的作家。在我扫地拖地、擦洗书架、把角落的蜘蛛赶走的时候，照片上的玛雅·安杰卢始终注视着我。我每天都干一点点事情，这就像建一座堡垒。我想，要是我在这里看书，玛雅可能会喜欢，于是我从家里带了几本书来。但大多数时间，我只是观看那场在我眼皮里面上映的恐怖电影。

说话变得越来越难了。我总是喉咙上火、嘴唇刺痛。我早上醒来时，下巴闭合得很紧，还总头痛。有时，当希瑟在我边上，只有我们两人的时候，我的嘴能松弛下来。每次想和爸爸妈妈或老师说话时，我总是结结巴巴，或者干脆什么也说不出来。我这是怎么了？看上去我就像得了某种痉挛性喉炎。

我知道我的脑袋不是用螺丝直接拧上去的。我想离开，让身体转移、变形，去到另一个星系。我想将一切和盘托出，把罪恶、错误和愤怒交给别人。我的内心有一头野兽，我能听见它在我的肋骨里面到处抓挠。就算我能清除记忆，它仍会如影随形地跟着我、玷污我。我的密室真是一个好去处，是一个安静的所在，它帮助我把这些思绪禁锢在头脑里，没有人能听见。

统统留下

西班牙语老师打破"不说英语"的戒律是为了告诉我们，最好别再假装听不懂她布置的家庭作业，否则全体留下。

然后，她又把刚才说的话用西班牙语重复一遍，尽管她似乎省略了几个附加的短语。我不知道，她是否也不清楚该怎么说。如果她头一天就教给我们所有诅咒的词语，那我们在接下来的一年里都会按她的要求去做。

留下听上去很无趣。我做了作业——选出五个动词，写出它们的词形变化。

> 翻译：traducir. I traducate.
> 失败：fracasar. Yo am almost fracasaring.
> 隐藏：esconder.
> 逃避：escapar.
> 遗忘：olvidar.

工作日

为了防止我们忘记"我们在这里打下良好基础这样我们就能考上大学发挥自己的潜能找一份好工作从此快乐地生活还能去迪斯尼世界",学校设了"工作日"。

就像所有高中一样,开学都会做一项测试,一项关于"我的愿望和梦想"的测试。我(a)喜欢花时间和一大群人在一起吗?(b)喜欢花时间和一小群亲密的朋友在一起吗?(c)喜欢花时间和家人在一起吗?(d)喜欢一个人打发时间吗?

我是(a)一位助手?(b)实干家?(c)筹划者?(d)梦想者?

假如我被绑到铁轨上,即将被三点十五分开往罗切斯特市的火车拦腰碾过,我会(a)大喊救命?(b)请我的小老鼠朋友咬断绳索?(c)想起我最喜欢的牛仔裤还在烘干机里无可救药地皱成一团?(d)闭上双眼,假装一切正常?

答完两百道这样的题目之后,我得到了结果。我应该考虑在下列领域择业:(a)林业,(b)消防,(c)通信,(d)殡仪馆学。

希瑟的测试结果则更明确,她应该去做一名护士。这让她高兴得上蹿下跳。

希瑟:"这太好了!我确切地知道自己将要做什么了。我这个暑假就会去医院做一名护士的少年志愿助手。你为什么不和我一起去呢?我会真正努力学习生物学,考上雪城大学,获得注册护士资格。多么伟大的规划!"

她怎么知道这些的?我不知道接下来的五分钟要做什么,而她却把未来十年都敲定了。我首先得操心怎样才能活过高一,然后再考虑职业生涯。

第一修正案

脖子老师气冲冲地跑进教室,就像一头追逐三十三面红旗的公牛。我们迅速坐好。我以为他肯定会爆炸。他确实爆炸了,不过,是以一种出人意料的、有一点点说教的方式。

外来移民。他在黑板上写下这几个字。我很确信他没有写错[1]。

脖子老师:"我的家族在这个国家已经超过两百年了。我们建设这个地方,从头到尾参加每次战争,纳税,选举。"

一个漫画思维泡泡在全班每个人的头顶出现。(这个,考试会考吗?)

脖子老师:"那么,告诉我,为什么我儿子找不到工作?"

---

[1] 外来移民的英文为 Immigration,容易写错。

几只手犹豫地举起。脖子老师视而不见。这是一个伪问题，他提问就是为了自己说出答案。我放松下来。这就像听我爸爸抱怨他的老板一样。最好的反应就是保持清醒，不时同情地眨眨眼。

他儿子想做一名消防员，但却没能得到这份工作。脖子老师坚信这是某种反向歧视。他说，我们应该关闭边境，这样真正的美国人就能得到他们应该得到的工作。工作测试显示我会成为一名很好的消防员。我不知道自己会不会抢了脖子老师儿子的饭碗。

我不再听他说什么，转而集中精力画画，画一棵松树。在美术课上，我一直尝试在油毡板上雕刻。但在油毡板上作画的问题是没法修正错误。每个犯下的错误都会凝固在图画里。因此我必须三思而后行。

脖子老师又在黑板上写："讨论题：美国早在一九零零年就应该关闭边境。"这触动了一根神经。好几根神经。我能看见孩子们掰着手指，想弄明白他们的祖父母或曾祖父母何时出生、何时来到美国，以及他们是否会被砍头。当他们算出他们会一直待在一个憎恶他们的国家，或是一个没有学校的地方，或是一个没有未来的地方时，他们纷纷举起了手。他们对脖子老师的学术观点不敢苟同。

我不知道自己的家庭来自何处。好像是某个寒冷的地方，在那儿，人们每逢星期四吃豆子，星期一把洗好的衣服晾到绳子上。我也不知道我们来到美国多久了。从小学一年级起，我们就在这个学区，这肯定能说明问题吧。我开始画苹果树。

整个教室里,争论此起彼伏。有几个马屁精很快看出脖子老师的立场,于是开始为驱逐外国人展开斗争。对那些来自上个世纪①移民家庭的孩子来说,每个人都有一个故事,比如他们的亲人怎样辛勤劳动,如何为国家做出贡献,又缴纳了多少税金。一名箭术社团的成员试图说明,我们全都是外国人,我们应该把国家还给美洲印第安人,但她很快被不同的看法淹没了。脖子老师很喜欢这份喧闹,直到一个孩子直接向他发起挑战。

勇敢的孩子:"您儿子没能得到那份工作,也许只是因为他不够好。或者,他很懒。或者,别人比他更好,这与他的肤色无关。我认为,那些在这里生活长达两百年的白人,恰恰是拖垮这个国家的一群人。他们不知道怎样工作——他们得到太容易了。"

支持移民的势力爆发出掌声和喝彩声。

脖子老师:"管住你的嘴,先生。你在谈论我儿子。我不想听你再往下说。讨论已经够了——把你们的课本拿出来。"

脖子老师重新掌控了局面。表演时间结束。我试图画一根树枝从树干上长出来,这是第三百一十五次了。这幅画看上去如此扁平,一幅一文不值、透光不均匀的画。我不知道怎样才能让它栩栩如生。我全神贯注,一开始没注意到大卫·佩特拉克斯——我的实验搭档——已经站了起来。大家都不再说话,我也放下铅笔。

---

① 该小说写于一九九九年,此处的"上个世纪"指十九世纪。

脖子老师："佩特拉克斯先生，坐下。"

大卫·佩特拉克斯从来没有惹过麻烦。他就是那个获得全勤奖的孩子，还曾帮助老师找出了记录成绩的电子文档的漏洞。我咬着小指头上的倒刺。他在琢磨什么？他是不是中了邪，终于因为"要比其他人更聪明"的压力而精神失常？

大卫："如果是全班讨论，那么每个学生都有权利说出自己的心里话。"

脖子老师："在这儿，我决定谁发言。"

大卫："您发动了一次讨论。您不能因为它没有按你的方式进行就宣布结束。"

脖子老师："看着我，坐下。佩特拉克斯先生。"

大卫："宪法不承认根据在本国居住的时间长短来把公民划分为三六九等。我是一个公民，我与您儿子享有相同的权利。与您也一样。作为一个公民，同时作为一名学生，我抗议这堂课的论调，因为这是种族主义的、狭隘的、排外的论调。"

脖子老师："让你的屁股坐到椅子上，佩特拉克斯，注意你的语言！我本来想在这儿开展一场讨论，是你们这些人把它引向了种族的话题。坐下，要不然你就得去见校长。"

大卫瞪着脖子老师，又盯着旗子看了一分钟，然后收起书本，走出了教室。他一个字也没说，却道出了万语千言。我专门记下一笔，要向大卫·佩特拉克斯学习。我从来没有听到过比这更具说服力的沉默。

感恩

新移民在感恩节感恩，是因为美洲原住民使他们悲惨的屁股免于饥馑。我在感恩节感恩，则是因为妈妈最后去上班了，而爸爸订了比萨饼。

火鸡节到来之前，我那平常备受折磨、步履匆忙的妈妈总会变成一个瘾君子般的零售狂。这都归咎于黑色星期五[①]，也就是感恩节后的那一天，圣诞购物节就要拉开序幕。她要是在黑色星期五卖不出十亿件衬衫和一千二百万条腰带，世界末日就要来临。她靠香烟和黑咖啡活下来，像说唱演员那样诅咒着，在头脑里演算电子表格。她为商店设定的目标是不现实的，这一点她也知道。但她总是情不自禁。这就好比看着某人触了电网，抽搐、扭动，越陷越深。每年当她备感压力而行将崩溃之时，她都会做感恩节晚餐。我们求她不要做饭，我们恳求她，给她留匿名的便条。但她仍然我行我素。

感恩节前夜，我是十点钟睡的。当时她正在餐桌上噼里啪啦敲击手提电脑。感恩节早上我下楼时，看见她还在那儿。我推断她整夜未曾合眼。

[①] 每年十一月份第四个星期的星期四是美国的感恩节，黑色星期五是感恩节后的那一天，是商家敞开供应打折商品的日子。

她抬头看看穿着长袍和兔耳拖鞋的我。"噢,该死,"她说,"我是说火鸡。"

我削土豆时,她给那只冰冻的火鸡洗了个热水澡。窗玻璃上起了雾,把我们与外界隔离开来。我想提议晚餐吃点别的什么,也许意大利面条或三明治之类的,但我知道她都做不好。她用冰锥猛劈火鸡腹腔,把里面的内脏袋取出来。我印象很深,去年的今天,她把那只家禽连同身体里的内脏袋一起炖了。

对妈妈来说,准备感恩节晚餐大有深意。这就如同一项神圣的义务,是她成为人妻人母的证据之一。我的家人说话不多,我们毫无共同之处,但如果妈妈做出了一顿像样的感恩节晚餐,那表明我们在接下来的一年里还会是一家人。柯达逻辑。这样的把戏只在胶卷广告里才管用。

我削好了土豆。她打发我去看电视里的大游行。爸爸晃晃悠悠地走下楼来。"她怎么样了?"他在进厨房之前问道。"今天是感恩节。"我说。爸爸穿上外套:"吃甜甜圈吗?"我点点头。

电话铃响了。妈妈接起来。是店里打来的。一号紧急情况。我去厨房倒苏打水,她却给我倒了橙汁。而我不能喝橙汁,因为我嘴唇有痂,喝橙汁会烧得疼。火鸡浮在水池里,一个十磅重的火鸡冰川。对,火鸡冰川。我感觉它很像泰坦尼克号游轮。

妈妈挂上电话,把我赶出厨房,命令我去洗澡并打扫自己的房间。我泡在浴缸里。我往肺里吸足气,漂浮在水面上,然后吹出所有的气,沉到缸底。我把头沉在水下,聆听自己的心跳。电话铃又响了。二号紧急情况。

等我穿好衣服,电视里的游行已经结束了,爸爸正在看橄榄球赛。他刚吃过甜甜圈,腮上的胡茬上还沾着糖粉。我不喜欢看他在假日里满屋子闲逛。我喜欢我的老爸胡子刮得干干净净,穿着正装。他作势让我到旁边去,别挡了屏幕。

妈妈又在接电话。三号紧急情况。长而卷曲的电话线像蛇一样缠住了她瘦削的身体,又像一根绳子把她绑到了柱子上。两只火鸡腿的末端从一大锅开水里支棱出来。她在煮冰冻的火鸡。"太大了,放不进微波炉,"她解释说,"很快就能解冻了。"她把一只手指头塞进空闲的耳朵,集中注意力听电话里告诉她的事情。我从袋子里拿了一个原味甜甜圈,回到自己的房间。

看完三本杂志后,我听见爸妈起了争执。不是大吵大闹,只是小声地争论,像是一些溅落到火炉上的泡沫。我想再拿一个甜甜圈,但又觉得犯不着穿过他们战斗的火线去取。等他们撤退到厨房的角落,我这才等来机会。

我进厨房时,妈妈把话筒凑近耳边,但她没听。她擦掉窗玻璃上的水汽,目光凝视着后院。我到水槽边帮忙。

爸爸戴着防热手套,拎着那只热气腾腾的火鸡的一条腿,大步流星地穿过后院。"他说解冻还要花几个小时。"妈妈嘟哝道。听筒里一个细微的声音吱吱作响。"不,不是说你,泰德。"她对着电话解释。爸爸把火鸡放到砧板上,举起小斧头,一阵猛砍。小斧头卡在冰冻的火鸡肉里,他就来回作拉锯运动,又一阵猛砍。一块冻肉滑到地上。他把它拾起来,朝着窗户挥动。妈妈给了他一个后背,告诉泰德她马上就出发。

妈妈离家去店里之后,爸爸接手做晚餐。这是理所当然的事。如果他对妈妈处置感恩节的方式满腹牢骚,那他就得证明自己能干得更好。他把剁到地上弄脏了的肉拿进厨房,用清洁剂兑上热水在水槽里清洗。他还冲洗了斧头。

爸爸:"仿佛昨日重现,对吗,梅莉?人们出门到森林里去,回家时带回了晚餐。这没那么难。烹调只需要一点组织能力,再加上一点阅读能力。现在给我面包。我来照我妈妈当年的做法,放一些地道的填料。你不用帮忙。你为什么不去写写作业,也许可以做点附加题什么的,把分数再提高些。我做好晚饭会叫你的。"

我也想过做功课,但今天是节日,于是我躺倒在客厅的沙发上,看一部老电影。我两次闻到烟味,还被玻璃杯掉到地上打碎的声音吓了一跳。通过另一部话机,我听见了他和"火鸡热线"女主持人的对话。她说,无论如何,火鸡汤都是感恩节最好的部分。一个小时以后,他把我叫到厨房,脸上带着一个糟蹋了快乐时光的父亲那种虚假的热忱。

骨头被堆放在切肉板上。火炉上,一锅胶状物正在沸腾。一块块灰色、绿色、黄色的东西在咕噜冒泡的白色糯糊里上下翻滚。

爸爸:"本来是要做汤的。"

我：

爸爸："因为味道有点淡，我就加了几次增稠剂。我还放了些玉米和豌豆进去。"

我：

爸爸：（从后兜里掏出钱包）"打电话叫比萨吧。我去把这个倒掉。"

我订了双份芝士和双份蘑菇。爸爸把汤埋在后院，紧挨着艾莉尔——我们死去的比格猎犬。

许愿骨[①]

我想为我们的火鸡留个纪念。从来没有哪只家禽蒙受过这般折磨，只为了做一顿如此令人反胃的晚餐。我把骨头从泥土中刨出来，带到了美术课上。自由人老师异常激动。他允许我摆弄这些骨头，但仍要求我继续构思我的树。

自由人老师："你着火了，梅林达，我能看见你眼里的火。你陷入了语义当中，陷入了节日商业化的影响当中。这很棒，棒极了！做一只鸟儿吧，你就是那只鸟儿。为了那些被抛弃

[①] 鸡锁骨，呈 V 形，可用于占卜：怀有不同心愿的两人各执 V 形骨一端，用力拉断，传说手持较长一端者的心愿将会实现。

的家庭价值观和罐头山药，牺牲你自己吧。"

怎么说都行。

刚开始，我想把这些骨头粘成一堆，像木柴那样（明白了吗？——树——木柴），却引来自由人老师的一声叹息。他说我能做得更好。我把这些骨头排放在一张黑纸上，试图在周围画出一只火鸡的轮廓。我不需要自由人老师来告诉我这很讨厌。而此时，他也正好回去专心忙他自己的画，已然忘记了我们的存在。

他正在创作一幅巨型油画。画面从一开始就很阴郁——下雨天，灰色的路面，边上是一座破旧的楼房。他花了一个星期，在人行道上画了些肮脏的硬币，为了画得惟妙惟肖，他累得满头大汗。他画了几张校董事会成员的脸，从楼房的窗户向外窥视，然后又在窗户上画上铁条，把楼房变成一座监狱。他的油画比电视节目好看，因为你永远不知道接下来将会发生什么事情。

我把画纸揉成一团，把骨头摆在桌上。梅林达·索蒂娜——一名人类学家。我已发掘出一堆可怕的祭品。下课铃响了，我用小狗般纯真可怜的眼神看着自由人老师。他说他会给西班牙语老师打电话，找个借口帮我请假。这样我就还能再待上一个课时。艾薇听见后，也恳求能待在这里。她正在设法克服自己对小丑的恐惧。她在制作某种怪异的雕塑——一个小丑后脑的面具。她朝我挑动眉毛，咧嘴笑了。要想和她说些友好的话，现在可能是个好机会，但等我意识到的时候，她又开始忙手上的事了。

我把骨头粘到一堆木块上,把骨架排列得像博物馆里的展品。我在杂物箱里找到了一些餐刀和叉子,把它们粘到作品上,看起来就像是在攻击这些骨头。

我退后一步。还没完全做好。我又翻箱倒柜,从一套乐高玩具中找到一棵被消融了一半的棕榈树。就是它。自由人老师总是收藏一些正常人会扔掉的东西:儿童快餐玩具、残缺不全的扑克、杂货店收据、钥匙、布娃娃、食盐瓶、小火车……他怎么知道这些玩意儿有可能成为艺术品?

我把一个芭比娃娃的脑袋卸下来,安放到火鸡的身体里面。感觉很不错。艾薇走过来看。她挑起右边的眉毛,点了点头。我挥挥手,自由人老师也过来视察。他高兴得差点晕过去。

自由人老师:"棒极了,棒极了。这件作品表达了什么?"

倒霉。我没想到这还能出道题。我清了清嗓子。我嗓子太干了,一个字也说不出来。我又试了试,轻轻地咳了两声。

自由人老师:"嗓子疼吗?别担心,不会有事的。想要我告诉你我看见了什么吗?"

我点点头,如释重负。

"我看见一个女孩,刚过了一个糟糕的节日,但还深深地沉浸在节日后遗症里。火鸡已经干枯,但女孩每天都觉得自己的肌肉在被切割。餐刀和叉子显然是中产阶层的趣味。棕榈树是很不错的点缀。也许是一个破碎的梦?一段塑料般的短暂蜜月？一座荒岛？噢，你要是放一块南瓜饼到里面，它就能变成一座甜点岛[①]。"

我忘我地大笑起来。我找到了窍门。在艾薇和自由人老师观看的时候，我伸手取出了芭比的脑袋。我把它安在了骨头组成的残骸上。没有地方放棕榈树了——我把它撇到一边。我移动餐刀和叉子，让它们看上去像腿。我在芭比的嘴上贴了一块胶条。

我："您有枝条吗？我是说小树枝？我可以用它们做胳膊。"

艾薇张嘴想说什么，但又合上了。自由人老师还在玩味我这难看的工程。他什么也没有说，我担心他会因为我取出了棕榈树而不高兴。艾薇再次想说点什么。"这太可怕了，"她说，"很怪异的感觉。这与小丑的那种恐怖不同，我该怎么说呢？也就是说，你不想盯着它太久。干得不错，梅尔。"

这可不是我期待的反应，但我觉得还算真实。她本可以不以为然地皱皱鼻子，或者无视我，但她没有。自由人老师拍拍自己的下巴。他看上去神情过于严肃，不像是一个美术老师。他让我感到很紧张。

自由人老师："这很有意味。痛苦。"

铃声响了。我匆忙离开，担心他还会说出什么话来。

[①] 英文里 deserted island（荒岛）和 desserted island（甜点岛）只差一个字母。

剥皮掏心

生物课上，我们正在了解水果。基恩女士已经用了一个星期来讲述雄蕊、雌蕊以及各种皮和花的精妙之处。地面已经封冻，夜间常下小雪，但基恩女士决意让教室里春意盎然。

后排的人一直在睡觉。当老师讲到苹果树需要蜜蜂授粉才能繁殖的时候，他们全醒了。对于后排的人而言，"繁殖"是一个叫人心动的词。他们断定，繁殖与性有关。关于雄蕊雌蕊的讲述也引发一阵哈哈大笑。基恩女士从中世纪就开始教书了。一排发热的下丘脑（还是上丘脑？）不足以让她从今天的讲课中分心。她不动声色地把课程推进到实验室实践的环节。

苹果。我们每人分到一个苹果，有的分到罗马，有的分到科特兰，有的分到麦金托什①，外加一把塑料小刀。我们要按指令解剖。后排爆发了刀剑大战。基恩女士在黑板上一声不吭地记下了他们的名字，以及他们当前的评分。刀剑大战每持续一分钟，她就扣掉一分。等他们弄明白讲台上的情形时，评分已经从 B- 扣到了 C--。他们嗷嗷大叫起来。

后排："这不公平！你不能这样对待我们！你应该给我们一次机会。"

---

① 罗马、科特兰和麦金托什都是苹果的品种名。

她又扣掉了一分。他们看着自己的苹果，嘟嘟囔囔，小声诅咒。老奶牛，弱智老师。

我的实验搭档大卫·佩特拉克斯把他的苹果切成八块大小相同的楔形。他一言不发。他正在为医学预科周的事烦心。大卫还在医学预科和法律预科之间摇摆不定。对他来说，高一是一个小小的烦恼。这就像人生的正片开演之前，总会先放一段祛痘膏广告。

空气中弥漫着苹果的香味。在我年幼时，有一次，爸爸妈妈带我去果园。爸爸把我放到苹果树的高处。这感觉就像是跌进了一本故事书里，诱人的红苹果、树叶和树枝都一动不动。蜜蜂在空中发出嗡嗡的声音，它们对这么多苹果感到心满意足，没心思来蜇我。阳光晒暖了我的头发。一阵风过来，把妈妈吹到了爸爸的怀里。所有去采摘的父母和孩子都笑了，笑声持续了很久、很久。

这就是生物课的味道。

我咬了一口自己的苹果。白的牙齿，红的苹果，香浓的果汁，深深的一口。大卫失声大叫。

大卫："你不应该那样做！她会杀了你的！你应该切开苹果！你刚才难道没听讲吗？你会被扣分的！"

很显然，大卫错失了童年时代坐在苹果树上的体验。

我把剩下的苹果切成四大块。我的苹果里面有十二粒种子。

一粒种子已经挤破了外壳，向外伸出一根白色的嫩芽。苹果长出种子，种子长出果树。我把这小小的幼苗种子拿给基恩女士看。她给我记了附加分。大卫翻了个白眼。生物学就是这么酷。

第一修正案（续集）

空气中充满反叛的气氛。距离寒假只有一周时间了。学生们为所欲为，学校职员疲于应对，简直管不过来。我听到传言，说有人在老师休息室里发现了圣诞蛋酒①。在社会学课堂上，这种革命精神也爆发出来。大卫·佩特拉克斯就言论自由的事打响了反击战。

我准时到了教室。我可不敢用偷来的迟到许可证蒙骗脖子老师。大卫坐到了第一排，把一台录音机放到桌上。等脖子老师一开口说话，大卫就按下录音键和播放键，像钢琴师弹奏开场和弦一样。

脖子老师直接开始讲课。我们很快就要讲到美国独立战争了。他在黑板上写下"无代表，税不缴"。很酷的押韵口号。可惜他们那时还没有车尾贴纸。殖民者要求在英国议会发表意见。没有当权者愿意听他们的诉求。磁带录下的讲课听起来会很不错。脖子老师还准备了注解便条，一丝不苟。他的声音像新铺好的路面一样平滑，没有隆起。

---

① 由鸡蛋、牛奶和酒类调制而成，是西方圣诞节的传统饮品。

可是,磁带无法记录脖子老师眼里愤怒的寒光。他一直瞪着大卫。要是某个老师在长达四十八分钟的课堂上目不转睛地死盯着我,我恐怕早就变成一摊融化的果冻了。可大卫却反瞪着他。

学校办公室是最适合传播小道消息的地方。我无意中听到插播的片段,其中提到佩特拉克斯的律师。因为没能"发挥自己的潜能",我那时正在学校办公室等着聆听辅导员的又一次训话。她怎么知道我的潜能是什么?哪方面的潜能?她喋喋不休的时候,我总是在心里数吊顶上的圆点。

辅导员今天来晚了。为了迅速应对佩特拉克斯的事,秘书找了一名家庭教师协会的志愿者。我当时坐在一张红色塑料椅上,没人注意我。大卫的父母聘请了一位块头大、脾气坏、收费高的律师。他扬言要起诉学校和脖子老师,告他不称职、践踏公民权利。大卫被允许在课堂上使用录音机,记录"将来可能出现的侵害"。对于脖子老师可能会被开除的说法,秘书似乎并不沮丧。我敢打赌,她一定很了解脖子老师。

那天,大卫一定对他的律师提到了他遭遇的白眼。因为第二天,教室的后面架起了一台录像机。大卫是我心中的英雄。

袋熊规则!

我听凭希瑟劝诱我参加冬日校会。她不喜欢一个人坐,这一点和我差不多。玛莎人还没有对她发出那至高无上的邀请,所以她还不能与她们坐在一起。她很不高兴，但尽量不表现出来。遵照完美的玛莎风格，她穿了绿毛衣，上面印有巨大的圣诞老人的面孔；她还打上了红色的绑腿，脚下穿双毛茸茸的靴子。太、太完美了。但我绝不穿应季衣服。

希瑟提前送了我圣诞礼物——一对钟形耳坠，当我转头时，它们会叮当作响。这意味着我也得送她点什么。礼尚往来，也许我该去买一条友情项链。她属于适合赠送友情项链的类型。钟形耳坠是很好的礼物。当校长大人训话的时候，我不停地摇头晃脑，让铃声淹没他的声音。校乐队演奏出难以辨别的曲调。希瑟说校董事会不会让他们演奏圣诞颂歌，也不会让他们演奏光明节歌曲或黑人的宽扎曲。哪有什么多元文化。我们没有文化。

校会的高潮是校长宣布我们的新名称和吉祥物。蜜蜂三票。冰川十七票。山顶人一票。袋熊三十二票。其他一千五百四十七票没投给选票上的选项，或者难以识别。

美时袋熊。真不错。我们是袋熊，糊涂而顽皮的袋熊！忧心忡忡、孤僻寡言、泪眼婆娑、怪诞不经的袋熊。在通往校车的路上，我们遇到了乌鸦拉拉队和琥珀拉拉队。为了想出和袋熊押韵的口号，他们眉头紧锁。民主真是一项绝妙的制度啊。

圣诞假期

学校放假的时候，离圣诞节还有两天。妈妈留了个便条说，要是我愿意的话，可以装饰圣诞树了。我从地下室把圣诞树拉出来立在车道上，这样就可以用扫帚扫掉树上的灰尘和蛛网。我每年都把彩灯留在树上。我需要做的只是往上面挂装饰品。

说到圣诞节，还有一件事离不开小屁孩。小孩让圣诞节充满乐趣。我不知道我们能不能租一个小孩来过节。我小时候，我们会买一棵真正的树，晚上待到很晚，喝热巧克力，让那些别致的饰品各得其所。好像就在我发现了关于圣诞老人的谎言之后，爸爸妈妈就收起了这套把戏。也许我不该告诉他们我知道那些礼物是从哪儿来的。这伤了他们的心。

我敢说，要不是生了我，他们早就离婚了。我确信自己就是一个天大的败笔。我不漂亮，不聪明，也不健壮。我就像他们——一个被秘密与谎言层层包裹起来的混世者。我无法相信我们得一直演戏，直到我毕业。我们不肯承认家庭生活失败，不肯卖掉房子，分掉钱，好好地过日子。这真叫人感到羞耻。

圣诞快乐。

我打电话给希瑟，但她正在购物。假如她在这儿，而家里根本没有圣诞气氛，她会怎么样？我要假装成希瑟。我穿上讨厌的雪天衣服，头上裹条围巾，纵身跳进雪堆。后院很美丽。乔木和灌木银装素裹，太阳照在上面，反光强烈。我得做一个白雪天使。

我踩了踩那片无人涉足的积雪，仰面躺在雪地上。当我扇动天使的翅膀时，围巾滑落下来，遮住了我的嘴。羊毛的味道，让我想起小学一年级。那是一个寒冷的早上，我步行去上学，手套的指尖里装着买牛奶的硬币，一路叮当作响。那时我们住在另一套比现在小一些的房子里。妈妈在珠宝柜台上班，我放学她就回家。爸爸的老板很好；那时爸爸老念叨着要买条小船。我那时还相信桑塔·克劳斯[①]。

风摇动着头顶的树枝。我的心脏发出火警警铃般的声音。我的嘴被围巾捂得太严。我拉开围巾透透气。我皮肤上的水分凝结了。我想要许愿，却不知道该许什么愿。我背上全是雪。

我折了些冬青和松树的枝条，拿到屋里。我把它们用红纱线系到壁炉架和餐桌上。看上去不如电视上的女士做得那么漂亮，不过树枝周围的空气更清新了。我仍然希望我们能租个小孩来待上几天。

我们一觉睡到了圣诞节的中午。我送给妈妈一件黑毛衣，送给爸爸一张一九六零年代的主打歌曲唱片。他们送了我几张礼品券，一台专门为我的房间购置的电视机，一双冰刀鞋，还有一个速写本连同整套炭笔。他们说已经注意到我在画画了。

此时此地，我差点就要告诉他们。我热泪盈眶。他们已经注意到我在尝试画画。他们注意到了。我想咽下哽在我喉咙里的雪球。但这并不容易。我确信他们怀疑我参加了那个派对。也许他们对我报警的事已有所耳闻。可要是我们能在那棵塑

[①] 即圣诞老人。

料圣诞树旁边坐下来，等到电视里播放《红鼻子驯鹿——鲁道夫》的时候，我会愿意把发生的事情一五一十地告诉他们。

我揩了揩泪水。他们面带不明就里的微笑。我喉咙里的雪球变得更大了。那个晚上，当我溜回家里的时候，他们都不在家。两辆车都开出去了。按原计划，我会整夜待在雷切尔家——所以他们不需要等我回家，这一点毫无疑问。我洗澡洗到热水耗尽，然后爬上床，却整夜无眠。妈妈凌晨两点开车到家，爸爸快破晓才回来。他们并未同行。那他们都干什么去了？我想我知道。那天晚上我遭遇的事情，我怎么才能对他们说出来？我该从何说起？

冰原上，鲁道夫出发了。"我是独立的。"他宣称。爸爸在看手表。妈妈把包装纸塞进垃圾袋。他们离开了房间。我还坐在地板上，手里拿着纸和炭笔。我竟然没有道一声"谢谢"。

辛勤劳动

我过了两天自由自在的日子。随后，爸爸妈妈决定我不应该"整个假期都在家闲晃"。我得跟他们去上班。按法律规定，我还不能工作，但他们都不在乎。我在妈妈店里度过了周末，处理那些挑剔的顾客退回来的各种商品。在雪城，有谁得到了他们真心想要的圣诞礼物吗？看来没有。由于我不到法定工作年龄，妈妈让我待在地下仓库。分给我的工作是把衬衫重新叠起来，每件用十一枚大头针别好。其他雇员都盯着我，好像我是只老鼠，而我妈妈派我到地下室来只是为了监视他们。叠了几件衬衫后我就停下来,拿出了一本书。他们这才放松下来。我是他们中的一员。我也不想待在那儿。

妈妈显然知道我在偷懒,但到了车上她什么也没说。她有很多工作要做,我们直到天黑才离开。销售很伤脑筋——结果与她的预定目标相去甚远。接下来还得解雇人员。我们停下来等绿灯。妈妈闭上双眼。她的皮肤黯淡无光,就像洗过多次的内衣,随时可能开裂。我后悔没有帮她多叠些衬衫。

第二天,他们让我去爸爸工作的地方。他卖某种保险,但我不知道怎样卖,为什么要卖。他在自己的办公室里为我支起一张轻便小桌。我的工作是把日历装进信封,封上口,贴上邮寄标签。他坐在办公桌前,给他的好友们打电话。

他架起二郎腿,开始干活。他开始在电话里和朋友们大声说笑。他开始打电话订外卖。我认为,他本应该在地下室叠衬衫,给妈妈搭把手。我本应该在家看有线电视,或者打个盹儿,也可以去希瑟家。到了午饭时间,我满肚子都是怨气。爸爸的秘书给我送午餐时,对我说了些友好的话,但我没有理她。我恶狠狠地瞪着爸爸的后脑勺,气愤气愤气愤。我还有一百万个信封要封。我的舌头滑过有粘胶的信封盖,信封盖锋利的边缘划伤了我的舌头。我品尝着自己的血。它的脸突然浮现在我的脑海里。我就像只泄了气的气球,所有的怒气带着哨声喷涌而出。看见那么多日历粘上了我的鲜血,爸爸大为光火。他说需要专业的帮助。

说真的,能重返学校,得谢天谢地。

罚篮

现在,地上积雪已厚达两英尺,冻得"嘶嘶"吸气的体育老师们让我们上室内课。他们让体育馆内保持在华氏四十度[①],因为"来点冷空气对谁都无害"。他们都穿着秋裤,当然说得轻巧。

第一项室内运动是篮球。康纳斯老师教我们如何投罚球。我走近罚球线,把球拍两下,投进篮筐。康纳斯老师让我再投一次。我又投进了。她不停地把球从地板反弹给我,我不停地把球举起——嗖,嗖,嗖。在投进了四十二个球以后,我的胳膊直打战,球没投进。这时,全班同学都聚集在周围观看。妮科尔仿佛就要爆炸了。"你得加入球队!"她叫道。

康纳斯老师说:"今天活动课的时候到这儿来找我。有这一手,你一定会大有作为。"

我:

过了三个小时,我如约去见康纳斯老师,她看上去一副难过、郁闷的样子。她用两个指头夹着我当时的成绩单:D, C, B-, D, C-, C, A。我进不了球队,因为我得 A 的是美术,而我的平均分只有可怜的 1.7 分。康纳斯老师为人严肃而优柔寡断,

---

① 相当于 4.4 摄氏度。

因此没能赢得长曲棍球奖学金。她让我练了几次冲刺,然后叫我回到罚球线投球。

康纳斯老师:"试一下外围投篮球板你想过找个家庭老师吗投得好你得的那些 D 会害了你来一个单手上篮那得用功我也许能在社会学分数上帮点什么忙但对你的英语老师没辙她痛恨运动来一个勾手投篮怎么样?"

我只是照她告诉我的去做。要是我想开口,我会解释说无论她付出多大代价,我也不愿加入她的球队。没完没了地奔跑?汗流浃背?被基因突变击倒?我可不想。要是现在篮球比赛能有一名指定的罚篮投手,也许我会考虑的。别的队犯规,你就报复他们。多么干脆。但无论是在篮球场上还是在生活当中,事情都并非如此。

康纳斯老师看上去很急切。我喜欢在某件事情上取得辉煌成就的感觉——尽管只是一个接一个地咣当投球。我会让她再做几分钟美梦。校男子篮球队在运球突破。他们的记分是零比五。前进吧,袋熊!

篮球杆阿卡·布兰登·凯勒站在篮筐下面。他就是开学那天向我投掷肉汁土豆泥让我蒙羞的那个家伙。其他人进行演练,传球给他。布兰登伸出瘦骨嶙峋的章鱼触手,随意地把球投入篮筐。我们的男孩是不可战胜的,前提是:他们是地板上唯一的球队。

男孩子们的教练叫嚷着什么我听不懂的话,然后队员们在篮球杆后面排队练习罚球。篮球杆运球,拍球,二,三。投球。

打筐不进。拍球,二,三……打筐不进。打筐不进。打筐不进。他在罚球线怎么也投不进,他那瘦削的脖子快要支撑不住了。

我观看其他队员投球,命中率也只有可怜的百分之三十。康纳斯老师和男队教练说着什么。然后她吹响哨子,招手叫我过去。男孩们闪出一条道,让我站到了罚球线前面。"你来给他们做示范。"康纳斯老师命令道。我就像一只训练有素的海豹,拍球,拍球,举手,嗖;再来,再来,再来,直到所有球员停止拍球,每个人都来看我。康纳斯老师和篮球教练皱着眉头,双手叉腰,鼓起肱二头肌,煞有介事地交谈着。男孩子们瞪着我——这位来自罚球星球的访客,她是谁?

康纳斯老师朝教练的手臂打了一拳,教练也朝康纳斯老师的手臂打了一拳。他们向我提出交易条件。如果我自愿教篮球杆投罚球,我的体育就能自动拿到 A。我耸耸肩,他们咧嘴笑了。我不能说不。我什么也说不出口。我根本不想出头露脸。

线外涂色

我们的美术教室流光溢彩,就像一座博物馆,里面全是奥基芙、凡·高,还有那个用小点画花朵的法国人。此刻,自由人老师已颇受欢迎。有传言说他将会当选年鉴里的年度老师。

美术教室就是一个超酷中心。他总是开着收音机。我们可以边画画边吃东西。他修理了几个把自由和无法无天混为一谈的刺头，我们其他人都不再兴风作浪。美术课上有太多乐趣，叫人欲罢不能。上课期间，房间里全是画家、雕刻家，下课后，有一些孩子还一直待在那里，直到最晚的校车发车前才离开。

自由人老师的油画已经渐露峥嵘。一些报社记者对此有所耳闻，还写了一篇报道。报道称自由人老师是一位献身教育的天才。文章还配发了他那幅尚未完工的作品的彩图。有人说，有几个校董事会的成员认出了自己。我敢打赌，他们会起诉他。

我希望自由人老师会在他的杰作上画一棵树。我不知道怎样才能使我自己画的树看上去栩栩如生。我已经毁掉了六张亚麻油毡板。这棵树就在我脑海里：这是一棵强大的老橡树，粗壮的主干伤痕累累，成千上万的树叶伸向天空。我家房前就有这样一棵树。我能感到风儿吹过它，能听到知更鸟回巢时发出的哨音。但当我试着去刻画的时候，它就像一棵死去的树，像一根牙签，像小孩子的涂鸦。我没有办法赋予它生命。我真的想撒手不干了。但我想不出来还可以做什么，于是只好对着它又是刻又是凿的。

昨天，校长大人冲进教室，嗅出了欢乐的气氛。他的胡子上下颤动，眼光像雷达一样扫过所有不成体统的事情。就在他跨进门槛时，一只看不见的手关掉了收音机，几袋薯条瞬间蒸发，只留下一缕若有若无的盐味，与朱红颜料和潮湿泥土的气息混杂在一起。

他快乐地扫瞄整个教室。他只看见了埋头干活的脑袋、优雅的铅笔和浸在颜料里的笔刷。自由人老师一边为画上那位校董事会女士头上的暗色背景润色，一边问校长大人有没有什么事需要效劳。校长大人踱着方步走出教室，朝着人类废品的安息地——吸烟处——的方向去了。

也许我长大后会做一名画家。

海报孩子

希瑟在我的储物柜里塞了一张便条，恳求我放学后去她家。她遇到了一些烦心事。她还达不到玛莎人要求的标准。她在自己的房间里向我哭诉。我一边听，一边揪我毛衣上的小绒球。

玛莎人举办了一场手工会，为住院的小孩子制作情人节枕头。梅格和艾米莉缝好枕头的三条侧边，其他人填充，封口，粘贴桃心和泰迪熊图案。希瑟负责粘贴桃心。她心里惶恐不安，因为有几个玛莎人不喜欢她的着装。她们冲她大喊大叫，说小熊贴得不正。随后，她的胶水瓶盖意外脱落，胶水流出来，毁掉了一只枕头。

故事讲到这里时，她把一个布娃娃扔到房间的另一边。我把指甲油挪到她够不到的地方。

梅格把希瑟降了级，让她去填充枕头。枕头生产线再次平稳运转时，会议开始了。议题：罐头食品配送。老资历的玛莎人负责把食品分发给穷人（现场还会配一名报社摄影记者），然后去拜见校长，协调需要协调的事情。

我已经头昏脑涨。她说到谁负责教室里的工作，谁负责宣传，我都置若罔闻。我的思绪游离在地球之外，直到希瑟说："我知道你不会介意的，梅尔。"

我："你说什么？"

希瑟："我知道你不介意助我一臂之力。我认为艾米莉是故意那样做的。她不喜欢我。我本想请你帮个忙，然后说是我自己干的，但那就是撒谎，而且她们在今年剩下的时间里都会只让我做海报。所以我说我有一个朋友，很有艺术细胞，而且很适合做社团工作，能让她帮忙做海报吗？"

我："谁呀？"

希瑟：（她已破涕为笑，但我仍抓住指甲油不撒手）"就是你啊，傻瓜。你画画比我好，而且有充足的时间。请答应你会做！等他们发现你这么有才，也许她们还会邀请你加入！求你了，求你了，请你吃鲜奶油碎果仁樱桃！要是我搞砸了，我知道她们会把我列入黑名单，那样我就永远别想成为任何社团的一员。"

我怎么能拒绝呢？

死青蛙

生物课上,我们了解完了水果,又开始了解青蛙。按日程,我们要到四月才会进入青蛙这个单元,但青蛙公司在一月十四日就把这些受害者送来了。由于腌制过的青蛙不知怎么竟会从储藏室里失踪,今天,基恩老师提前用刀把我们武装起来,还告诉我们不许呕吐。

我的实验搭档大卫·佩特拉克斯激动坏了——终于学解剖了。许多东西需要记住。蹦蹦骨接着跳跳骨,槽口骨连着捕蝇骨。他郑重其事地说,我们开刀时应该戴上医用口罩。他认为那样才符合操作规范。

教室里不再有苹果的味道。闻起来像是青蛙汁,让人想到疗养院和土豆沙拉。后排的人全神贯注。解剖死青蛙很酷。

我们的青蛙仰躺着。她在等一位王子用一个吻把她变成公主吗?我持刀站在她的上方。基恩老师的声音渐渐低下去,仿佛是蚊子在嗡嗡叫。我的喉咙闭合了。呼吸很困难。我伸出一只手扶着桌子,让自己站稳。大卫用大头针把她的蛙手固定到解剖托盘上。他把她的蛙腿拉拉直,把她的蛙脚也固定好。我十分不情愿地剖开她的腹部。她一个字也没有说。她已经死了。一声尖叫从我心底发出——我感受到了切割,闻到了土腥味,察觉到了头发里的树叶。

我不记得昏倒的事。大卫说我倒下的时候,头撞到了桌子边上。护士打电话给我妈妈,因为我需要缝针。医生在强光照射下仔细检查我的眼底。她能破译那里隐藏的思想吗?假如她能,她会做什么呢?报警?把我送进精神病院?我想要她那么做吗?我只想睡觉。永不谈论,让记忆归于沉寂,其目的只在于让它远去。但它偏偏不肯。我需要做脑部手术,把它从我的脑子里切除。也许我应该等到大卫·佩特拉克斯做了医生,让他来做这个手术。

模特市民[①]

希瑟在购物中心一家服装店里找到一份模特的工作。她说,在取下牙箍的第二周,她和妈妈去买袜子,有位女士问她做过模特没有。我猜,那是因为她爸爸就在购物中心管理公司工作,这起了一定的作用。

做临时模特可以挣到不少玛莎分。她们都想成为希瑟的新闻密,但她只邀请了我陪她去拍泳装写真。我想,她是担心在她们眼皮底下出丑。希瑟的妈妈开车送我们。她问我想不想做模特。希瑟说我太害羞。看见她妈妈正从后视镜里观察我,我赶紧用手指头掩住嘴。在那方小小的镜子里面,我嘴唇上的伤疤一定会很难看吧。

我当然想做模特。我想把眼皮画成金色。我在一本杂志封

[①] 原文为 MODEL CITIZEN,本义为"模范市民",这里是双关语。

面上见过,把模特变成性感的外星人,简直令人惊艳,每个人都想观赏,却没有谁敢碰她。

我太喜欢芝士堡,做不了模特。希瑟已不再吃东西,还总抱怨液体潴留。她应该更担心脑潴留才对,因为节食也消耗了她的脑灰质。上次体检时,她还穿一号半,她还得减到一号。

拍照安排在一座冷得可以储藏冰块的房子里。希瑟穿一套蓝色比基尼,活像一只感恩节火鸡。她身上的鸡皮疙瘩比乳房还要大。我里面穿了羊毛衫,外面是滑雪衫,仍冷得浑身发抖。摄影师开大无线收发装置的音量,指挥女孩们转来转去。希瑟完全进入了角色,她向后甩头,盯着摄像机,露出牙齿。摄影师不停地提醒:"性感,性感,真聪明。朝这边看。性感,想想海滩,想想男孩子们。"吓死我了。在集体摆造型的过程中,希瑟打了个喷嚏,她妈妈赶紧跑过去送纸巾。这一定是传染性的。我的嗓子疼得要命。我想睡觉。

我没有买金色眼影,而是选了一瓶黑死病指甲油。它很暗淡,里面掺杂着扭曲的红色线条。我的手指被咬得出了点血,配上这种指甲油会显得很自然。我还要找一件相配的衬衫。那得是结核灰色的。

死于代数

斯德特曼老师永不言败。他下定决心要一劳永逸地证明,代数乃是我们受用终生的学科。假如他成功了,我想他们应该授予他"世纪老师奖",外加两周夏威夷度假,一切费用报销。

他每天来到教室,都会带来一道全新的、应用于实际生活的题目。他十分亲切,既钟情于代数,又关爱学生,而且想让这两件事合而为一。他就像一位祖父,总想把两个年幼的孩子捆绑在一起,就因为他认为他们很般配。可是两个孩子毫无共同之处,而且互相憎恨。

今天的应用题是到宠物店买古比鱼。我们需要算出,如果我们做古比鱼生意的话,能养活多少条古比鱼。每当古比鱼变成了 x 和 y,我的隐形眼镜就会布满雾水。这节课在辩论中结束,辩论一方是维护动物权利的积极分子,力主占有鱼类是不道德的;另一方是热血沸腾的资本家,他们不肯为这种吞食自己幼苗的小鱼投资,因为他们还知道很多更好的挣钱方法。我看见窗外正在下雪。

字词练习

长发女正在用随笔来折磨我们。英语老师度假的时候也会梦到这些东西吗?

这学期的第一篇随笔就是一枚哑弹:《美国为何伟大》,不少于五百字。她给我们三周时间。结果只有蒂芙尼·威尔逊按时交了。但这项作业算不上彻头彻尾的失败——长发女负责的戏剧社又招募了几名新成员,因为他们在回答为什么需要延期交作业时,表演实在出色。

她有一种扭曲的幽默感，还是一位精神错乱的美发师。

第二篇随笔要求写虚构类：《史上已失传的最佳借口：怎样才能免写作业》，不少于五百字。只有一个晚上。但没有人晚交。

这样一来，长发女一发不可收拾。《我将怎样改变高中》《论驾驶机动车年龄应降低至14岁》《试论完美的工作》，主题都很有趣，但她没完没了地出题，一道紧接一道。她开始让我们淹没在作业里，耗尽了我们的精力，但我们还不能真去抱怨什么，因为这些题目都是我们津津乐道的。但最近她又鬼鬼祟祟地把语法（颤抖吧）带进了课堂。有一天我们练习动词时态："我上网。我上网了。我正在上网。"接下来是活灵活现的形容词。"尼科拉的旧曲棍球棒打中了我的脑袋。""尼科拉那支像呕吐物般发黄的、多节的、染血的曲棍球棒打中了我的脑袋。"这两个句子，哪一句听起来更好？她甚至想教我们主动语态和被动语态的区别："我狼吞虎咽地吃掉了奥利奥饼干。""奥利奥饼干被我狼吞虎咽地吃掉了。"

字词练习是一项繁重的工作。我希望他们派长发女去参加某个会议什么的。我情愿帮她买地铁票。

为怪兽命名

我为希瑟的海报忙了两个星期。我试着在美术教室里绘制海报，但围观的人太多了。我的密室里倒是安静，记号笔的气味也不错。我可以永远待在这儿。捐瓶罐头，救人一命。

希瑟告诉我要直截了当。这是获得我们想要的东西的唯一途径。我画了一些篮球运动员把罐头投进篮筐的海报，他们的姿势非常优美。

希瑟又有了另一份模特工作。我想是穿网球服吧。她请我帮她悬挂海报。其实我并不介意。有孩子看着我做一些有益的事，这感觉很好。这也许有助于我的名声。当我在一家五金行外面悬挂海报时，它不知不觉涌上心头。细微的金属片划破了我的静脉。它在我耳边轻声响起。

"鲜肉。"它对我低语道。

它再次找到了我。我原以为我能忽略它。这儿有四百名新生，其中两百名是女生。还要加上其他所有年级的女生。可是他只对我低语。

在五金行的噪声里我能嗅到他我手上的海报和胶带掉下来我想呕吐我能闻到他我奔跑他记得他知道。他对我耳语。

关于胶带，我对希瑟说了谎，说我把它放回供给箱了。

《吉屋出租》[①]第三唱段

我的辅导员给妈妈店里打过电话，就我的成绩单向她吹了吹

[①] 美国经典摇滚音乐剧，讲述的是纽约市东村一群穷困艺术家的奋斗史，其中渲染了纽约的粗俗与喧嚣。

风。别忘了给她送一张致谢便条。到我们吃晚饭时,战斗已经全面打响。分数,呱啦呱啦呱啦,态度,呱啦呱啦呱啦,帮忙做家务,呱啦呱啦呱啦,再也不是小孩子了,呱啦呱啦呱啦。

我看着火山爆发。"严父火山"长期休眠,经过深思熟虑,现已全副武装,险象环生。"圣母火山"岩浆渗出,火花四溅。提醒村民跑进大海。我眼睛看着他们,脑子里却在练习西班牙语不规则动词变位。

外面正在刮一场不太大的风暴。天气预报节目的女主持人说,这是湖上雪暴——来自加拿大的风吸了安大略湖的水,穿过冷冻机,撒向雪城。我能感到狂风正在为冲破我们家的防风窗而战斗。我希望大雪把我们的房子整个埋了。

他们不停地问我:"你到底是怎么回事?""你觉得这样很可爱吗?"诸如此类。我能怎样回答?我没必要回答。我不得不说的话,他们一句也不想听。他们一直折磨我,直到基督再次降临①。除非妈妈安排我去找某位老师,要我放学后必须直接回家。我不能去希瑟家。他们还要切断有线电视。(别相信他们能做到这最后一条。)

我就像乖乖女那样,写好作业交给他们过目。他们叫我去睡觉时,我写了一张逃亡便条,放到我的书桌上。妈妈在我卧室的壁柜里找到了我。她递给我一个枕头,又掩上了柜门。她没再呱啦呱啦说个不停了。

---

① 《圣经》中,耶稣预言在世界末日他将再度降临人世。

我打开一枚曲别针,在我左手腕内侧划过。真可怜。如果说试图自杀其实是求助的呼喊,那这算什么?一声呜咽,一次窥视?我划出细小的血痕,就像窗户上的裂纹,刻出一道又一道细线,直到不再感觉疼痛。我看上去就像刚和蔷薇花丛掰过手腕。

吃早饭时,妈妈看见了那只手腕。

妈妈:"我可没时间看这个,梅林达。"

我:

她说自杀是胆小鬼的行为。丑陋可恨的母性泯灭。她拿来一本关于自杀的书。严厉的爱。酸味的糖。带刺的天鹅绒。无声的交谈。她把书放到卫生间的后墙边,想用它来教育我。她已料定我不会说太多。这让她备感烦恼。

闭嘴

希瑟和我午餐时开始变得冷淡。寒假过后,她一直坐在玛莎人的桌子边上,我坐在她的另一侧。我看得出,当我进来时,有什么东西已经不复往日了。所有的玛莎人都穿着套装:海军蓝的灯芯绒超短裙,条纹上装,透明塑胶化妆手袋。她们一定是一起去购物了。希瑟的穿着与她们不相配。她们没有邀请她同去。

她对此异常冷静,毫不紧张。我倒为她捏了把汗。我咬了一大口花生奶油果冻三明治,险些被噎住。她们一直等着,趁她满嘴都是白软干酪时,西沃恩把一罐甜菜放到饭桌上。

西沃恩:"这是什么?"

希瑟:(吞咽)"一罐甜菜。"

西沃恩:"没错。可是我们在募捐壁柜里发现了整袋的甜菜。那肯定是你存放的。"

希瑟:"那是一位邻居给我的。它们是甜菜。人们吃甜菜。这有什么问题吗?"

其他的玛莎人不约而同地叹气。显然,甜菜还不够好。真正的玛莎人只收集她们爱吃的食品,像蔓越莓酱,"海豚安全"的金枪鱼[①],或者荷兰豆。我能看见希瑟在桌子底下把指甲深深嵌入手心。花生酱粘住我的上腭,就像是一个定位器。

西沃恩:"还不只这个。你的数量也糟透了。"

希瑟:"什么数量?"

西沃恩:"你的罐头数量。你没带足分量。你没做什么贡献。"

希瑟:"我们才做了一个星期。我知道我会拿到更多。"

[①] "海豚安全(dolphin-safe)"是美国的一种金枪鱼捕鱼标准,即捕鱼过程中要以不伤害海豚为标准,禁止围捕海豚或使用流刺网等工具。

艾米莉:"不只是罐头数量的问题。你做的海报很可笑——我的小弟弟都能做得更好。难怪没人愿意帮助我们。你把这个项目搞成了一个笑话。"

艾米莉把她的餐盘滑向希瑟。希瑟一声不响地站起来,把它拿去倒掉了。叛徒。她没打算为我的海报辩护。我嘴里的花生酱越发坚硬了。

西沃恩戳戳艾米莉,目光转向餐厅的门。

西沃恩:"是他。安迪·伊文斯刚进来。我想他在找你呢,艾姆。"

我转过身。她们正在谈论它。安迪。安迪·伊文斯。短促刺耳的名字。安迪·伊文斯正闲庭信步走进来,手里拿着一只塔可钟①外卖食品袋。他递给餐厅值班员一份玉米煎饼。艾米莉和西沃恩吃吃地笑出声来。希瑟回到餐桌,脸上微笑重现,问大家安迪是不是真像每个人说的那么坏。艾米莉脸上露出罐头甜菜的颜色。

西沃恩:"那都是谣言。"

艾米莉:"事实是——他为人很好。事实是——他很有钱。事实是——他有那么一点点危险,他昨晚给我打电话了。"

西沃恩:"传言说——他和谁都上床。"

花生酱锁住了我的下巴。

---

① 一种墨西哥食品。

艾米莉:"我才不信呢。谣言都是那些嫉妒的人传出来的。嗨,安迪。你带来的午餐够分给每个人吗?"

这感觉就像撒旦用他的斗篷盖住了桌面。光线暗下来。我在战栗。安迪站在我身后,同艾米莉眉来眼去。我向前紧贴餐桌,尽可能离他远些。桌子的边缘差点把我锯成两段。艾米莉的嘴在动,荧光灯照在她的牙齿上,闪闪发光。其他女孩贴近艾米莉,想摄取一点她的美丽之光。安迪一定也在说话,我感到脊梁在身体深处振动,就像一只颤动的喇叭。我听不见他们在说什么。

他把我的马尾辫放在指间捻弄。艾米莉的双眼变细了。我嘴里嘟哝着一些傻气的话,向洗手间跑去。我把午餐倒进厕所,用热水龙头里流出的冰水洗了把脸。希瑟没有来找我。

黑暗的美术

水泥板般的天空低悬在我们头顶,仿佛近在咫尺。哪一边是东?我记不清已经多久没见过太阳了。高领毛衣从抽屉底层翻了出来。人们的脸龟缩进冬装里。有些孩子不见了,要到春天才会重新出现。

自由人老师摊上了事。摊上了大事。校董事会取消了他的供给预算后,他不再让我们笔试。他们盯上了他。老师们刚提交了第二学期的评分,自由人老师一共打了二百一十个A。有人对此提出质疑,很可能是办公室的秘书吧。

我不知道他们是否把他叫到了校长办公室,并把这件事写进了他的永久记录。他的油画也停了,我们原以为那幅惊天动地的杰作能拍卖一百万美元呢。美术教室很冷,自由人老师的脸上透着几分紫灰色。要不是看他那么沮丧,我准会问他脸上是什么颜色。他兀自坐在凳子上——说是凳子,其实不过是一个蓝色破脚凳的架子罢了。

没人跟他说话。我们往手指头哈气,让手暖和起来。有的人做雕塑,有的画油画,有的画素描,而我在刻板画。我又启用了一块新的亚麻油毡板。我刻的上一棵树看起来就像死于某种霉菌病害——根本不是我想要的效果。寒冷使毡板变得比平常更坚硬了。我把刻刀插进毡板,沿着树干的线条向前推。

我不小心让刻刀滑向拇指,划伤了自己。我一边诅咒,一边把拇指放进嘴里。每个人都看着我,我只好把拇指拿出来。自由人老师急忙拿了一盒舒洁纸巾过来。伤口并不深。他问我是否需要去医务室,我摇摇头。他把我的刻刀拿到水槽里冲洗,还涂了些漂白剂。这是预防艾滋病的要求。对刻刀做过无菌处理,待刀上的水干后,他拿着它往回走向我的课桌,但却在他的画布前停下了脚步。他的油画还没有完成,右下角还是一片空白。囚犯们的脸很吓人——你会情不自禁地盯着他们。我可不想要那样一幅画挂在沙发上方。它在夜间没准儿会变成真的。

自由人老师退回去,好像他刚从自己的画上发现了什么新的东西。他用我的刻刀划过画布,伴随着一声长长的撕裂的声音，他毁掉了画作。全班同学无不倒吸一口凉气。

我的成绩单

态度 D　社会研究 D　西班牙语 C-
美术 A　午餐表现 C　生物 B
代数 C-　着装 C-　英语 C-　体育 C-

第三学期

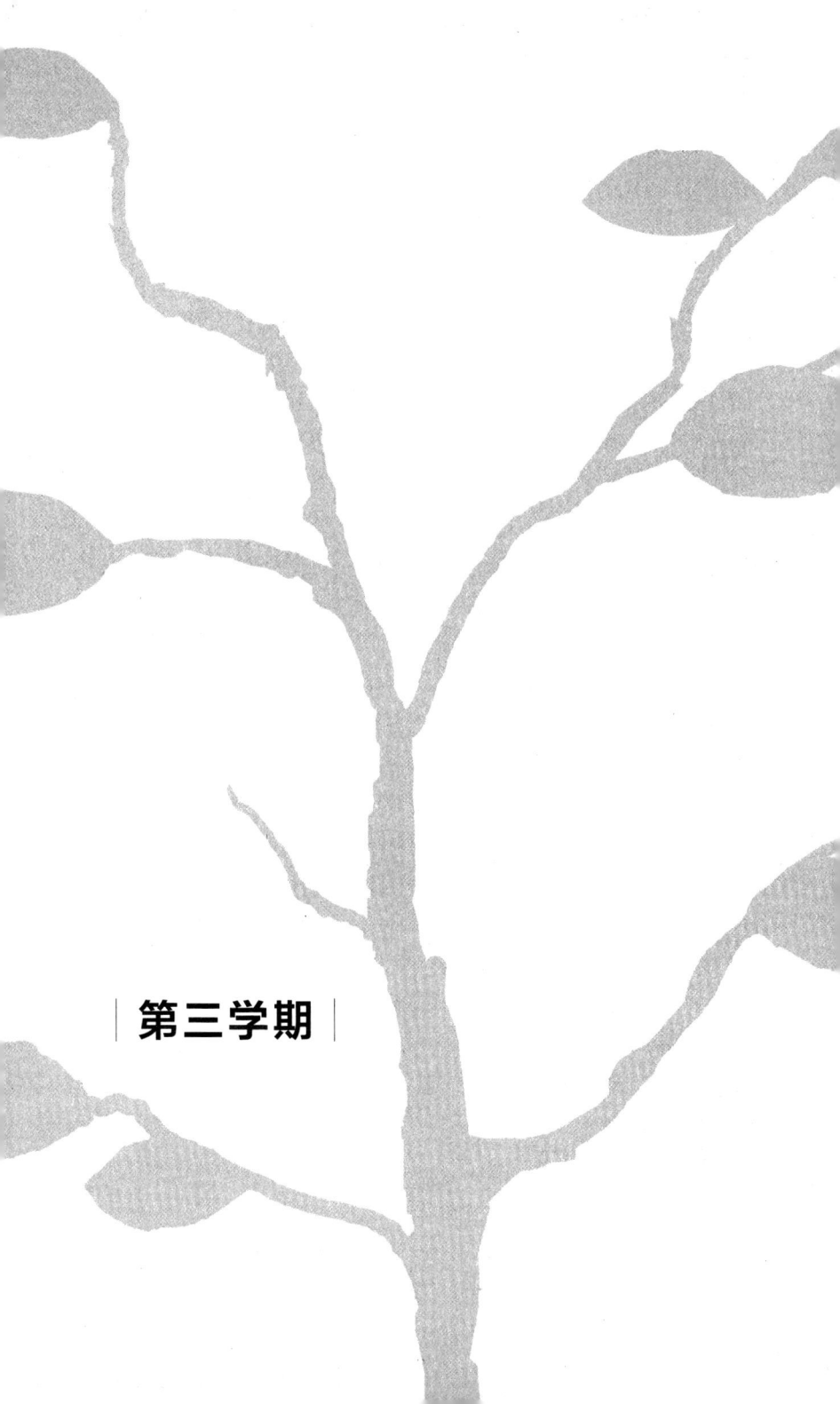

袋熊之死

袋熊死了。没有集会,没有投票。这是校长大人今天早上宣布的。他说,与外国的有袋动物相比,大黄蜂更好地代表了美时精神,此外,制作印有袋熊吉祥物的服装还会花掉毕业舞会组委会更多的预算。我们是大黄蜂,就这么定了。

高年级完全支持这项决定。要是毕业舞会被迫从假日酒店转移到体育馆举行,他们有谁还能抬得起头呢。只有小学才会这样做。

我们的拉拉队正在努力练习那首以一阵嗡嗡声收尾的烦人合唱。我认为这是一个错误。我仿佛看见,我们的对手用混凝纸做成巨大的苍蝇拍和大罐的杀虫剂,在中场休息时的节目中羞辱我们。

我对黄蜂过敏。要是被蜇,我的皮肤就会长满肿块,咽喉就会闭合。

冷天和校车

我错过了校车,因为按停闹钟时,我无法相信天还那么黑。我需要一只响铃的时候能同时开启三百瓦灯泡的闹钟,要不就得有只公鸡。

当我意识到晚得太多时,我决定不赶时间了。有什么关系呢?妈妈下楼时,我正在吃麦片,一边吃一边看连环画。

妈妈:"你错过了校车。"

我点头。

妈妈:"你又想要我开车送你吧?"

再次点头。

妈妈:"你需要穿靴子。要走很长一段路,而且昨晚又下雪了。我已经晚了。"

这有点出人意料,但也没什么大不了。步行也没那么糟——她又不是让我徒步十英里上下雪山什么的。街道静谧而美丽。白雪覆盖了昨天的泥泞,还堆积在屋顶,就像往姜饼似的城镇撒上了一层糖粉。

走到菲耶特面包店时,我又饿了。菲耶特制作的果酱甜甜圈味道好得邪门,而我口袋里正好揣着买午餐的钱。我决定买两个甜甜圈当早午餐。

我穿过停车场时,它正出门往外走。安迪·伊文斯一手拿着浇了树莓的果冻甜甜圈,一手端着杯咖啡。我在一个结冰的小水坑上面停下来。要是我站着不动,也许他不会注意到我。

这就是兔子的生存之道：它们在捕食者面前静止不动。

他把咖啡放到他的车顶上，伸手到口袋里掏钥匙。太、太成人了，这个喝着咖啡揣着车钥匙逃学的家伙。钥匙掉到地上，他嘴里骂了一句。他不会注意到我的。我不在这儿——我站在那里，躲在紫蜀葵外套里面，他看不见我。

可我的运气显然太差。他转头看见了我，他露出狼的微笑，好像在说："哦，外婆，瞧瞧我的牙有多大。"

他朝我走过来，递过甜甜圈。"咬一口吗？"他问。

我像兔子箭一般蹿出去，雪地上留下飞奔的痕迹。逃走逃走逃走。当初还是一个穿着连衣裙的、饶舌的女孩时，我为什么没像这样奔跑？

奔跑让我感到自己就像十一岁，动作飞快。我融化了人行道两边三英尺范围内的冰雪。当我停下来时，一个全新的念头在头脑里炸开了：

为什么要上学？

逃学

刚逃学的头一个钟头感觉很棒。没人叫我做什么，没人叫我读什么。这就像生活在音乐电视里——不用穿那些呆板的服装,而是穿着凸显臀部的裤子,一副我想干什么我做主的样子。

我顺着缅因街溜达。美容院,7-Eleven,银行,贺卡商店。银行的滚屏上显示气温为二十二华氏度①。我走到街道另一侧。电器行,五金店,停车场,杂货铺。吸入冰冻的空气,我感到体内很冷。我能感觉到鼻毛冻得发出细微的噼啪声。我从趾高气扬变成拖着脚步慢慢闲逛。我甚至想就这样慢吞吞爬坡去学校。学校里起码有暖气啊。

我敢打赌,亚利桑那州的孩子比那些困在纽约市中心的更爱逃学。因为那里没有烂泥,也没有黄色的雪。

一辆市内巴士拯救了我。它咳嗽着,发出隆隆的响声,在杂货铺前吐出两个老妇人。我上了车。目的地:购物中心。

你永远想不到购物中心也会关门。它应该一直在那儿,就像冰箱里的牛奶,或者上帝。可当我下车时,它刚开门。店长们还在用钥匙圈和超大杯咖啡玩杂耍,然后升降电梯飞向空中。灯闪烁着亮起来,喷泉跳动,音乐在巨大的蕨类植物后面响起,购物中心开门了。

白发老爷爷老奶奶吱吱嘎嘎走过,步伐很快,根本不理会橱窗里的展品。我在搜寻春装——去年不合身的,现在能穿了。如果我不想和妈妈说话,那怎么能和她一起购物?她可能会喜欢——购物时我们不会争吵。可以后我就得穿她为我挑选的衣服。这真算得上是一道难题。

---

① 相当于零下 5.5 摄氏度。

我坐在中央升降电梯边上,万圣节过后,他们又在这里搭建了圣诞老人卖场。空气中散发着炸薯条和地板清洁剂的味道。阳光透过天窗照射下来,就像夏天时一样强烈,我脱了好几件——夹克,帽子,手套,毛衣。半分钟后,我减轻了七磅,感觉自己能够同电梯一起飘浮上去。棕色的小鸟在我头顶歌唱。没人知道它们是怎么进来的,但它们就生活在购物中心,悦耳地鸣叫。我躺在长椅上,观看鸟儿在暖和的空气中穿梭,直到阳光明晃晃地照射下来,我担心我的眼球会被烧出小孔。

我可能应该告诉某个人,只告诉一个人。让它过去。让它出来,让它脱口而出。

我多想回到小学五年级啊。现在,那件事成了一个幽深黑暗的秘密,没有什么比它更强大。五年级很轻松——不要妈妈陪伴就能到外面玩,但又不敢走出街区。束缚正好,不多也不少。

一名业余警察走过来。他盯着西尔斯橱窗里的女子蜡像看了片刻,又走回别处去了。他甚至懒得对我假笑一下,问一声"你走丢了吗",因为我已不是五年级的孩子了。他第三次转回来,手指放在对讲机上。他会告发我吗?我该去找那个公交车站了。

那天剩下来的时间,我都在等两点四十八分这个时刻,这么看来,逃学与在学校也没什么大不同。我认为我今天上了很好的一课,然后定好第二天清早的闹钟。我一连四天准时起床,一连四天赶上了校车,放学也乘坐校车回家。我想呐喊。

我想，每过一段时间，我就该请一天假。

解码

长发女总是喜欢买新耳环。其中一对能垂到她的肩膀上。另一对里面有铃铛，和希瑟圣诞节送我的一样。我猜我再也不能戴那对耳环了。应该有一部法律来规定老师应该戴什么耳环。

英语课要用一个月来讲纳撒尼尔·霍桑。可怜的纳撒尼尔。他知道他们对他做的一切吗？我们在读他的《红字》，一次只读一句，碎其皮，嚼其骨。

长发女说，这都是象征主义。纳撒尼尔选择的每个字、每个逗号、每个分段——全都是有意为之。要想在她的课上拿个好分数，我们必须判断他到底想表达什么。他为什么不能直接说出想说的话？他们会把红字别在他胸口吗？ B 代表 blunt（坦率），S 代表 straightforward（直截了当）吗？

我不能牢骚太多。这多少还是有些乐趣。就像一个代码闯进他的头脑，找到了一把开启他心中秘密的钥匙。所有令人感到负罪的事情都是这样。不消说，你知道牧师自知有罪，海丝特也自知有罪，但纳撒尼尔想让我们知道这很重要。假如他不停地重复"她感到有罪，她感到有罪，她感到有罪"，那将会是一本无聊的书，没人会买。于是他植入了象征，比如天气，以及所有光明与黑暗的事物，借此向我们展现可怜的海丝特是怎样的感受。

我不知道海丝特是否试过说不。她有几分安静。我们俩应该可以和睦共处。我能看见我们住在树林里,她戴着那个A字,我也许戴着S,代表沉默(silent),代表麻木(stupid),代表恐惧(scared),代表愚蠢(silly),代表耻辱(shame)。

因此,解密在第一堂课上还比较有趣,但只需要一小点就够了。长发女却要把解密进行到底。

长发女:"对玻璃碎片嵌入墙壁的描写——这有什么含义?"

全班鸦雀无声。一只秋天幸存下来的苍蝇嗡嗡叫着撞向冰冷的窗户。走道里传来储物柜门砰地撞上的声音。长发女自问自答。

"想想看那会是什么样子,一面嵌入玻璃的墙。它会……反射?闪烁?也许晴天会发光。来吧,同学们,我不该自个儿全都包办了。墙上的玻璃,现在我们在监狱的围墙顶部还会用它。霍桑这是在向我们暗示,这房子是一座监狱,或者是一个危险的地方。它是有害的。现在,我要你们找出一些运用色彩的例子。有谁能说出一些描写色彩的段落呢?"

苍蝇发出告别的嗡嗡声,死了。

雷切尔(罗谢尔),我曾经的闺密:"谁在乎色彩是什么意思?您又怎么知道他想说什么?我的意思是,他有没有留下另一本书,叫做《我书中的象征主义》?要是没有,您就可以杜撰这一切。有人真的认为这家伙会坐下来,把各种各样隐藏的意思安插到他的小说里吗?这只是个故事而已。"

长发女:"这是霍桑,最伟大的美国小说家之一!他做任何事情都不会是无意的——他是一个天才。"

雷切尔(罗谢尔):"我想,在这个问题上我们可以有不同的观点。我的观点是,这本书有点难读懂,不过当我读到海丝特遇到麻烦,那个牧师差点一走了之的时候,噢,我认为这真是一个很好的故事。但我认为所有这些象征都是您编造出来的。我压根儿就不信。"

长发女:"你也会告诉你的数学老师,你不信三乘四等于十二吗?好了,霍桑的象征主义就像乘法——你一旦弄明白,就会洞若观火。"

下课铃响了。长发女堵在门口给我们布置作业。就象征主义写一篇五百字的作文,谈谈如何发现霍桑作品中隐藏的含义。在过道里,全班都在冲着雷切尔/罗谢尔怒吼。

这就是大声说出来的下场。

发育不良

自由人老师再次找到了与学校当局周旋的办法。他把所有学生的名字刷到教室的一面墙上,再把本学期剩下的每个星期列出来。他每周对我们的进展进行评估,并记录在墙上。他把这称为"必要的妥协"。

在我的名字边上,他打了一个问号。我的树像是被冻住了。幼儿园的孩子也能刻出更好的树。我已经懒得去数自己刻坏了多少亚麻油毡板。自由人老师把剩下的毡板都给我存了起来。这倒也不错。我急于尝试不同的主题,试图转而画某种更容易的东西,比如规划整个城市或临摹蒙娜丽莎,但他不肯让步。他建议我尝试不同的媒介,于是我用了紫色的指画颜料。颜料弄得我两手冰凉,但对我的树,对那许多棵树,都于事无补。

我在书架上找到一本风景画的书,里面全是各种令人讨厌的树的插图:美国梧桐,椴树,山杨,柳树,冷杉,鹅掌楸,栗树,榆树,云杉,松树。它们的树皮、花朵、枝干、针叶、坚果。我感到自己就像一个常年居住山林的人,却做不出我想做的东西。如果说自由人老师曾经对我说过一些褒奖之词,那还得追溯到当初我做出那个愚蠢的火鸡骨作品的时候。

自由人老师有他自己的难题。他差不多总是坐在他的凳子上,两眼盯着一张新的画布。画布被涂上一种颜色,蓝得近乎于黑色。它不发光,也不吸纳光,没有光,也就没有影子。艾薇问他那是什么。自由人老师从惊恐中回过神来,看着她,仿佛刚意识到画室里全是学生。

自由人老师:"这是威尼斯之夜,是会计员灵魂的颜色,是被拒绝的爱。我住在波士顿的时候,曾在一只橘子上培养出某种霉菌。这是低能儿的血液。困惑。终身职位。锁的里面,熨斗的气味。绝望。一座街灯映照的城市。吸烟者的肺。一步步陷入绝望的小女孩的头发。一个学校董事的心……"

就在他完成热身,准备来一场淋漓尽致的慷慨陈词的时候,下课铃响了。有的老师小声议论,说他就要崩溃了。不过,我倒觉得,在我认识的人当中,他是心智最健全的。

午餐厄运

午餐时从来没有什么令人愉快的事。餐厅就像一个巨大的摄影棚,在这里,他们每天都为《青春羞辱仪式》拍摄一些新的片段。这里充斥着粗野的气息。

我和平常一样坐在希瑟边上。但我俩坐在紧靠院子的一个角落,离玛莎人并不近。希瑟背对餐厅而坐。她能看到狂风正卷起我身后院子里成堆的积雪。我能感到寒风穿过玻璃吹透了我的衬衣。

在希瑟用她特有的方式含混不清地说起她的心事的时候,我没有凑过去听她念叨。四百张嘴同时翕动、消耗食物发出的噪声使我无法把注意力集中在她身上。背景音里既有洗碗机的律动,还有大家充耳不闻的广播的尖叫——这里是一个黄蜂窝,是大黄蜂的天堂。而我是一只蜷缩在入口的小蚂蚁,冬天的冷风吹过我的脊背。我用土豆泥盖住青豆。

希瑟小口地咬凉薯和全麦卷。她一边吃胡萝卜,一边与我绝交。

希瑟:"这真叫人难以开口。我是说,换成你又该怎样说这样的事?无论如何……不,我不想说。我的意思是,今年刚开始的时候,我还是个新人,谁也不认识,我们称得上形影不离,你真的真的很好,但我想,对我们俩来说,到现在都应该承认我们……实在是……很……很不相同。"

她紧盯着她的脱脂酸奶。我试图去想一些恶毒的、缺德的、残忍的事,但什么都想不出来。

我:"你是说我们不再是朋友了?"

希瑟:(嘴在笑,眼里却毫无笑意)"我们从来不是真正的、真正的朋友,对吗?我指的并不是我曾经在你家过夜什么的。我们喜欢做不同的事情。我有模特的工作,而且我喜欢购物……"

我:"我喜欢购物。"

希瑟:"你什么都不喜欢。你是我见过的最消沉的人,请原谅我这么说,但你毫无生趣,而且,我认为你需要专业的帮助。"

直到此时此刻,我从未真正把希瑟看作我在这世上的知心朋友。可现在我不顾一切地想做她的伙伴、她的闺密,和她一起咯咯傻笑,和她一起飞短流长。我想要她为我染脚趾甲。

我:"刚开学那天,唯一和你说话的人是我,现在你因为我有点消沉就要离我而去?朋友的意义,难道不是相互帮助共渡难关吗?"

希瑟:"我就知道你会误会。你有时太另类了。"

我斜眼看向餐厅另一侧的桃心墙。情人节的时候,恋人们可以花五美元买一个印有他们姓名首字母的红色或粉色桃心,贴到墙上。这看上去极不相称,我是指那些蓝色墙面上的红色斑点。那些运动员——抱歉——那些学生运动员,坐在桃心前面,发掘新的罗曼史。可怜的希瑟。与朋友绝交可没有什么霍曼贺卡①。

我知道她在想什么。她面临选择:她可以和我混在一起,落得一个令人恐惧的怪人的名声,说不定哪天还会持枪露脸;她也可以做一个玛莎人——成为那些拿高分、做好事、擅长滑雪的女孩当中的一员。换了我又将如何选择?

希瑟:"等你熬过这个痛苦的阶段,我相信很多人会愿意做你的朋友。可你再也不能逃课了,更不能不来学校。想想你接下来会怎么样——和瘾君子一起瞎混吗?"

我:"你这也是在努力对我好吗?"

希瑟:"你已名声在外。"

我:"什么名声?"

希瑟:"你知道,你再也不能和我共进午餐了。对不起。好了,别吃那些薯条了。吃薯条会长痘的。"

---

① 美国著名的贺卡品牌,占据贺卡市场的半壁江山。

她干净利落地把残渣包进蜡纸里，团成球，放进垃圾箱里。然后她走向玛莎人的餐桌。她的朋友们挤了挤，为她腾出位置。她们吞没了她，而她再没回头看我一眼。一次也没有。

动词的变化

我逃课，你逃课，他、她、它逃课。我们逃课，他们逃课。我们全都逃课。我不会用西班牙语说这个，因为我今天没去上西班牙语课。Gracias a dios. Hasta luego[①]。

镂空的心

情人节这天，当我们走下校车时，一个铂金色头发的女孩潸然泪下。有人沿着停车场的雪堤喷涂了一行字："我爱你，安吉拉！"我不知道安吉拉是喜极而泣，还是她心里的热望难以言说。她的男友手持一朵红玫瑰在等她。他们就地当众亲吻。情人节快乐。

我真是大跌眼镜。在小学，情人节算是一件很重要的事，你得给班上的每个人送贺卡，连那个曾经逼你去踩狗屎的人也不例外。然后班级姆妈就会带来粉红的磨砂蛋糕，我们交换那些小块的心形糖果，上面印着"热情宝贝！""你是我的！"

---

① 西班牙语：感谢主。再见。

到了中学,情人节转入地下。没有派对。杂货店没有为情人节准备装满红色镂空桃心的鞋盒。要想告诉某人你喜欢他,你得用上一层又一层的朋友,比如:"珍妮特让我告诉你史蒂文告诉我道琦说卡龙和艾普莉聊天时她暗示说莎拉的哥哥马克有个叫托尼的哥们可能喜欢你。你会怎么办?"

在中学,用带刺的铁丝当牙线,也比承认你喜欢某人更容易。

我随着人潮走向储物柜。我们全都穿着羽绒服和背心,一路相互碰撞、摇晃,就像是州博览会上的碰碰车。我注意到有的储物柜上贴有信封,但没有真当回事,直到我发现自己的储物柜上也贴了一枚,上面写着"梅林达"。这肯定是个恶作剧。有人把它放在那儿,想看我出洋相。我朝左后方看看,又向右后方瞅瞅,看有没有成群结队的坏孩子对我指指点点。但看见的只是无数后脑勺。

要是真的怎么办?如果是一个男孩的信又会怎样?我的心跳停止了,随后又跌跌撞撞跳动起来。不,不是安迪。浪漫绝不是他的风格。也许是我的实验搭档大卫·佩特拉克斯。他在自以为我看不见他的时候观察我,担心我会打碎实验室设备或再次晕倒。有时他冲我微笑,那是焦虑的笑,就是你面对一只可能咬你的狗时脸上的那种笑。我能做的就是打开信封。我忍不住。我走过储物柜,直奔生物课教室去了。

基恩老师断定,为庆祝情人节,复习一下生理知识会很讨巧。当然,这没什么实际价值,因为她不提荷尔蒙为何会让人发狂,也不说你脸上为何只在最倒霉的时候长痘,也不讲如何辨别是否真的有人把一张情人节卡片贴在你的储物柜上。

不,她真的开始给我们传授鸟儿和蜜蜂的知识①。爱与背叛的字条在一只只手里传递,实验桌仿佛成了丘比特高速路上的行车道。基恩老师画了一只蛋,里面有只鸡宝宝。

大卫·佩特拉克斯强打精神,不让自己睡着。他喜欢我吗?我总是让他紧张。他认为我会毁了他的分数。但他也许对我越来越有好感。我想让他喜欢我吗?我咬着拇指指甲。不,随便什么人喜欢我都行。我想要一张画着桃心的字条。我把指甲边缘向下咬得太厉害,直到咬出了血。我紧握住拇指,血凝聚成一个完美的球状,然后崩溃,流向手掌。大卫递给我一张纸巾。我用它按住伤口。纸巾上被血浸湿的地方,白色的蜂窝组织被溶解了。没有痛感。除了教室里那些像小麻雀一样一闪而过的浅笑和脸红之外,没有什么会令人痛苦。

我打开笔记本,写了一句话给大卫:"多谢!"我把笔记本滑向他。他使劲吞咽,喉结沉到脖子底部,又回到上方。他写了回复:"不客气。"现在该干什么?我把纸巾紧紧压在拇指上,以便集中思想。在黑板上,基恩老师的小鸡已经破壳而出。我把基恩老师画成一只知更鸟。大卫笑了。他在鸟儿的脚下画了一根树枝,然后把笔记本推还给我。我努力顺着树枝画一棵树。它看上去相当不错,比迄今为止我在美术课上画的树都好。下课铃响了。大卫收拾书时,他的手拂过我的手,我逃也似的离开座位。我不敢看他。假如他认为我已经拆开了他送的卡片,而我只是因为不喜欢他的冒昧才一言不发,那又当如何?但是我什么也说不出口,因为那张卡片可能是一个恶作剧,也可能来自某个沉默的观察者,是标识不

---

① the birds and the bees,本来是指代性教育基本知识。

清的储物柜和门让他放错了地方。

我的储物柜。卡片还在那儿，那是一片充满希望的白色，上面写着我的名字。我撕开信封，打开它。有什么东西掉到我的脚边。卡片上，两只卖萌的泰迪熊正在分享一罐蜂蜜。我展开卡片。"多谢包涵。你是最甜蜜的！"接下来是紫色笔签名。"祝你好运！！！希瑟。"

我弯腰查看从卡片里掉出来的东西。那是一条友情项链，是我在圣诞节前后突发神经送给希瑟的礼物。愚蠢愚蠢愚蠢。我该有多愚蠢啊。我听见身体里面在崩裂，我的肋骨塌陷，挤压着肺部，使我不能呼吸。我跌跌撞撞地走过过道，一条过道，又一条过道，又一条过道，直到找到了属于自己的那扇门，溜进去，上了锁，灯都懒得开，任自己向下滑落、滑落，一直滑到我那张褐色椅子的底部，在那里我可以把牙齿深深地咬进我手腕上柔软苍白的肌肤，开始像个婴儿一样号啕大哭。我摇晃着，在灰墙上狠狠地撞头。这个就快被遗忘的节日终于向我亮出每一把直入我体内的匕首，向我亮出每一个刀口。没有雷切尔，没有希瑟，甚至连一个傻乎乎叫人讨厌的男孩也不会喜欢我这样自认为内向的女孩。

候诊室的圣母们

一次偶然的机会，我发现了梅西女子医院。我在公交车上睡着了，坐过了购物中心。不过，医院倒也值得探究一番。说不定我还可以帮大卫了解一些医学预科知识呢。

我以一种病态的方式爱上了医院。几乎每层都有候诊室。由于不想招来太多关注，我一直在走动，时不时看一眼手表，想让自己看上去是因为有事才来这里的。我担心会被人抓住，但周围的人们有更多的事要操心，没有人理会我。医院是一个完美的隐身之处，而且这里的食堂餐比学校的更加可口。

最糟的候诊室位于心力衰竭科的楼层。这里挤满面色灰白的女人，她们一边转动婚戒一边盯着房门，盼着熟悉的医生出现。一位女士正在哭泣，全然不顾所有陌生人都在看着她涕泗横流，也不怕人们刚走出电梯就能听见她的哭声。她的哭泣差一点就成了尖叫。这让我战栗。我浏览了几本人物期刊，然后溜出了候诊室。

产科病房对我来说很危险，因为那儿的人们都很幸福。他们问我一堆问题，诸如我在等谁，孩子预产期是什么时候，生孩子的是我妈还是我姐姐？要是喜欢别人对我提问，那我还不如去上学呢。我假称要给我爸爸打电话，溜之大吉。

自助餐厅很酷，也很宽敞。里面全是穿着医护服的人员，上衣缀有专业等级标志，还挂着寻呼机。我一直以为医院的人会真正注重养生，可这些家伙都在大吃垃圾食品，诸如成堆的烤干酪辣味玉米片、大如餐盘的芝士堡、樱桃派、薯片，所有的好东西。名叫罗拉的餐厅服务员孤零零地站在装着蒸鱼和洋葱的餐盘边上。我为她感到难过，于是买了份蒸鱼。我还买了一盘土豆泥、一份肉汤和一杯酸奶。我找了个座位，旁边的餐桌坐着一群表情严肃、眉头紧锁、满头银发的男人，他们爱用超长的词语，我很惊讶他们竟然没被噎住。非常正式。能接近这样一群听起来像是很内行的人，感觉倒也不错。

吃过午饭，我溜达上了五层，来到成人手术区。在此等候的家属在专心看电视。我坐在一个可以观察护士站的地方，远处是几间病房。这里看上去像是生病的好去处。医生和护士好像都很机敏，每过片刻就会微笑一次。

洗衣房的工人把一大筐绿色病号服（就是那种不拉拢就会露出屁股的衣服）推到存放区。我跟着他。要是有人问，我就说在找饮水机。没人过问。我拿了一件病号服。我想穿上它，爬上一张离地很高的病床，钻到起球的白色毯子和白被单下面，睡上一觉。在家睡觉变得更困难了。要过多久护士才会发现我不是这儿的？她们会让我休息几天吗？

一个身材高大、肌肉发达的男子推着担架快速经过走道。旁边跟着的女人是位护士。我不知道病人出了什么状况，只见他双目紧闭，颈部的绷带上渗出了一丝血迹。

我把病号服放回原处。我没有病。有人是真病了，病得你一眼就能看出来。我奔向电梯。公交车开过来了。

诸神之战

我们一家去见了校长。有人注意到我逃学，还注意到我不说话。他们认为我的事情比刑事案更严重，于是叫来了辅导员。妈妈的嘴唇一直抽搐不止，但她不想在陌生人面前把那些话说出来。爸爸则不停地查看他的寻呼机，希望这个时候有人呼他。

我从纸杯里小口喝水。如果这杯子是水晶玻璃做的,我会张嘴咬上一口。咔嚓,咔嚓,咽下去。

他们想让我说话。

"你为什么一个字也不肯说?""为了上帝的爱,开口吧!""这也太孩子气了,梅林达。""说点什么吧。""拒绝合作,受伤害的只是你自己。""我不知道她为什么这样对我们。"

校长大人哈哈笑着,中途介入。

校长大人:"我们一致认为,我们这是在帮助你。让我们先看看这些分数。它们可不符合我们对你的期待,梅林达。"

爸爸:"梅林达。"

校长大人:"梅林达。去年你还是个各科得 B 的学生,没什么行为问题,几乎不逃课。但从我不断收到的报告看……唉,我们能说什么呢?"

妈妈:"关键问题是,她什么也不肯说!我没法让她说一个字。她哑了。"

辅导员:"我认为,在这儿我们需要探讨如何发挥家庭动力学的作用。"

妈妈:"她让我们急得团团转,是想要引人关注。"

我：（在头脑中）你们会听吗？你们会相信我说的吗？我才不抱希望呢。

爸爸："对了，是出了什么问题。你们对她做了些什么？去年我还有一个甜蜜可爱的小女孩，可她来到这儿，就拒不开口，逃学，还把成绩单扔进马桶冲走。我和校董事会主席一起打高尔夫球，这你们也知道。"

妈妈："我们才不关心你都认识谁，杰克。我们得让梅林达说话。"

辅导员：（身体前倾，看着爸爸妈妈）"你们俩的婚姻有问题吗？"

妈妈用很不贤淑的语言回敬了她。爸爸则提议辅导员去看看那酷热而恐怖的地下世界。辅导员不吱声了。也许她明白了我缄口不言的原因。校长大人坐回到他的椅子上，开始埋头画一只大黄蜂。

嘀嗒嘀嗒嘀嗒。我为此耽误了自习课。午睡时间。到毕业还有多少天？我搞不清楚。有必要找一本日历了。

爸爸妈妈道歉。他们唱起流行歌曲："我们能做什么？我们能做什么？她是这么忧郁，我们只有两个。做什么，噢，做什么，我们该做什么？"

在我的幻想中，他们跳上校长大人的办公桌，表演了一曲踢踏舞。聚光灯在他们身上闪耀。歌舞队加入演出，辅导员围着一支发光的手杖跳舞。我咯咯笑了。

触电般闪回他们的世界。

妈妈:"梅林达,你觉得这很好玩吗?我们在谈论你的前途、你的生活,梅林达!"

爸爸:"我不知道你是从哪儿学会的这副懒鬼习气,可显然,你不是从家里学来的。你很可能是在这儿受到了什么不好的影响。"

辅导员:"其实,梅林达有一些很好的朋友。我曾经见她帮那群女志愿者做过很多事情。梅格·哈卡,艾米莉·布里格斯,西沃恩·法隆……"

校长大人:(停止画画)"都是很好的女孩。她们都来自很好的家庭。"他第一次正眼看我,脑袋歪向一边,"她们是你的朋友?"

他们是在故意装傻吗?还是生来就这样?我没有朋友。我一无所有。我什么也不说。我什么也不是。我在盘算,坐公共汽车去亚利桑那州得花多长时间。

美时在校停课

美时在校停课,这是我的报应。这个处分写进了我的协议里。

他们告诉你，在仔细阅读协议之前，你什么都不能签。这是真的。最好请一位律师去仔细阅读。

我们在校长办公室温情聚会后，辅导员炮制了这份协议。上面列举了一百万件我不能做的事情，如有违犯，后果自负。上课迟到、逃课之类的轻罪导致的后果很愚蠢——他们要我写作文——于是我又旷课一整天，总算逃过了作文！就这样，我挣到了美时在校停课之旅。

这是一间墙面刷得雪白的教室，椅子很不舒服，电灯像愤怒的蜂巢般嗡嗡直响。一起被请进来的同学被命令坐下，两眼直视空无一物的墙面。这是想让我们因为百无聊赖而屈服，或者让我们准备好去精神病院。

今天，我们的看门狗是脖子老师。他扭曲着嘴唇朝我咆哮。我想，因为他在课堂上大放厥词，来这里是对他的处罚之一。和我一起停课的还有另外两名罪犯。其中一名的光头上文了一个十字。他坐在那里，活像一个花岗岩男孩在等待别人给他一把刻刀，这样他就能从半山腰把自己雕刻出来。另一名男孩看上去则完全正常。也许他的衣服有一点怪异，但在这里，那只是行为不端，不是重罪。当脖子老师起身问候一位迟到者时，这个看上去正常的男孩告诉我他想放火。

我们的最后一位同伴是安迪·伊文斯。我的早餐在胃里化作了盐酸。他朝脖子老师咧嘴笑笑，到我边上坐了下来。

脖子老师："又逃课了吗，安迪？"

野兽安迪:"不是的,老师。您的一位同事认为我有权限问题。您信吗？"

脖子老师:"别多嘴。"

我又成了小兔子,藏身在野外。我坐着,仿佛嘴里含着一枚蛋。只消移动一点点,说出一个字,这枚蛋就会粉碎,炸毁整个世界。

我脑子里变得非常怪异。

趁脖子老师没盯着的时候,安迪朝我的耳朵吹气。

我想杀了他。

毕加索

我什么也做不了,美术课也不例外。自由人老师喜欢盯着窗外看,他自以为找到了我的问题所在。"你的想象力瘫痪了,"他宣称,"你需要来一次旅行。"教室里所有耳朵都竖起来,有人调低了收音机音量。一次旅行？他在计划来一次实地考察旅行吗？"你需要去拜访一位伟人的头脑。"自由人老师接着说。全班齐声叹气,气息把纸张都吹起来了。收音机里的歌声又调高了。

他把我的亚麻油毡板推到一边,轻轻地放下一本大部头书。

"毕加索。"他像牧师般低语,"毕加索。是他发现了真理。是他画出了真理,把它塑造成形,用两只愤怒的手把它从大地里挖掘出来。"他停顿了一下,"可我只能意会,不能言传。"我点点头。"看看毕加索吧,"他命令我,"我不能为你做每件事。你必须独自前行,去寻找你的灵魂。"

真是一堆废话。不过,看图片总比看雪堆有趣。我翻开书。

毕加索显然对裸女颇有兴趣。为什么不画她们穿着衣服的样子?谁会不穿衬衣闲坐着拨动曼陀林?为什么不画裸体男人,以示公平?我敢说,裸女是艺术,裸男却是禁忌,很可能只是因为大多数画家都是男性。

我不喜欢最初的几章。除了那些裸体女人,他还画了那些蓝色的画,让人觉得他有几个星期都缺红色和绿色颜料。他画马戏团的人,还有一些跳舞的人,他们看上去就像是站在烟雾里。他会把画中人熏得直咳嗽的。

下一章让我屏住了呼吸。它把我带出了教室。它令我困惑,我的一小部分脑子跳上跳下,尖叫道:"我明白了!我明白了!"立体主义。看到表面之外的东西。把两只眼睛、一个鼻子移动到脸的侧面。把身体、桌子和吉他都当成芹菜,让它们像骰子那样转动起来,重新排列它们,这样你才可以真正观察并看到它们。真令人惊讶。在他看来,世界是什么模样呢?

我希望他也上过美时高中。我敢打赌,我们会一起闲逛。我翻遍了整本书,没见到一幅树木的画。也许毕加索也画不了树。我为什么老有这样蹩脚的想法？我勾勒出一棵立体主义的树，用上百个细长方形做树枝。它们看上去就像储物柜、箱子、玻璃碎片，长着由棕色的三角形树叶构成的嘴唇。我把素描放到自由人老师的桌子上。"现在，你已经找到窍门了。"他说。他朝我竖起了大拇指。

副驾驶

我是个好女孩。一星期下来，我没有缺一堂课。又知道老师们都在讲什么了，这感觉很好。爸爸妈妈已经从辅导员那里得到了消息。他们不知道该作何反应——我表现好，他们理应感到欣慰；可是，被迫为孩子每天都上课这样的小事而欣慰，这难道不是更大的烦恼吗？

辅导员说服他们，得给我奖励——一个磨牙玩具之类的。他们最后选了衣服。我在长个子，所有的衣服都嫌小。

可是，和妈妈去逛街？还不如一枪打死我，把我从苦难中拯救出来吧。做什么都行，除了和妈妈去购物。她也痛恨和我购物。在商场里，她在前面昂首阔步，下巴上扬，因为我不肯试穿那些她看中的实用而"时髦"的衣服，她气得眼皮直抽搐。妈妈是礁石，而我是海洋。我只好一连几个钟头不停地噘嘴翻白眼，到最后她就会筋疲力尽，碎裂成海滩上的千万粒沙砾。这也太劳神了。我认为我可没有这样的精神。

显然，妈妈也不想再来一出一个生拉硬拽、一个满腹牢骚的商场表演。他们宣布我挣到了新衣服的同时,规定我必须去埃菲特购买,在那里妈妈能打折。我计划放学后坐公共汽车到店里与她会面。在某种程度上,我也乐意如此。进去,购买,出来,就像撕掉一块邦迪那么简单。

这看上去是个好主意,可当我站在校门口的公交车站时,却遭遇了一场撕裂全郡的暴风雪。风寒肯定低于零下二十华氏度,而我没有帽子,也没有手套。我试图背对寒风,可我的后背很快被冻僵了。可面对寒风更是不可能。雪片在我眼皮底下肆虐,还钻进了我的耳朵。正因为这样,当一辆车停到我身边时,我竟没有听到。喇叭响起,我大吃一惊。是自由人老师。"要搭车吗?"

自由人老师的车令我很吃惊。那是一辆蓝色的沃尔沃,一辆安全的瑞典轿车。我还以为他会开一辆大众巴士呢。车里很干净,我原来想象里面会到处塞满画材、海报和烂水果。我坐进去,听见车里轻声地播放着古典乐曲。奇迹真是层出不穷。

他说,把我带到城里只需要绕一点儿路。他会很高兴见到我的母亲。我吓得双目圆睁。"也许,不见也好。"他说。我掸掸头上消融的积雪,把双手放到空调热风口取暖。他把空调的风开到最大。

我一边解冻,一边数路边的里程标记,不时看到一些引人注目的暴毙在路上的动物。在郊外有很多死鹿。有时穷人会把鹿肉带回家过冬,但大多数时候,路毙的动物会腐烂,到最后它们的皮就像系在骨头上的丝带。我们向西开往庞大的城市。

"你的立体主义素描画得不错，"他说。我不知道说什么好。我们经过一条死狗。它没有颈圈。"我在你的作品里看到了很大的进步。你学了很多，比你自己知道的还要多。"

我："我什么也不懂。我的树让人反胃。"

自由人老师打了转向灯，看了看后视镜，驶入左侧车道，超过了一辆运啤酒的卡车。"别对自己这么苛刻。艺术就是犯错，然后从犯错中学习。"他又驶回右侧车道。

我看着运啤酒的卡车在后视镜里消失在风雪中。我有时觉得，在这样的大雪天，自由人老师开得有点太快了。但车很重，没有打滑。我袜子上结块的雪融化到我的运动鞋里。

我："说得不错，可您也说过，我们必须把情感融入艺术里。我不明白这是什么意思。我不明白我应该感受什么。"我的手指飞快地捂住了嘴。我在干什么？

自由人老师："艺术离了情感，就好比巧克力蛋糕没有放糖。这会令人作呕。"他把手指放到喉头下。"下一次做树的时候，不要去想树。想想爱、恨、喜、怒——让你感受到什么、让你手心出汗或脚趾抓紧，什么都行。聚焦到那些感受上面。人们要是不表达自己的情感，就会一次次走向死亡。要是你知道有多少成年人心如死灰，你会大吃一惊——一天天混日子，不知道自己是谁，只是在等待哪天得了心脏病、癌症，或是一辆马克卡车开过来，了此一生。这是我所知道的最悲哀的事。"

他驶向出口,在斜坡最底下的交通灯下停下来。一些细小的、皮状的、死去的东西被雪水浸得起皱了。我从拇指上咬下一块痂。埃菲特的标牌在街区中间闪烁。"就在那儿,"我说,"您可以到前边让我下车。"我们又坐了一会儿,雪遮盖了半条街道,扬声器里传出大提琴的独奏。"嗯,谢谢。"我说。"不客气。"他说,"你要是想聊天的话,你知道在哪儿能找到我。"我解开安全带,打开车门。

"梅林达,"自由人老师叫住我。雪花潜入汽车,融化在仪表盘上。"你是个好孩子。我想你有好多话要说。我愿意倾听。"

我关上车门。

镜子屋

我在经理办公室旁停下来,秘书说我妈妈在打电话。我并不在意。买条牛仔裤,没有她在身边反倒会更容易些。我直奔商场的少女专区。(这就是他们挣不到钱的又一个原因。谁想被称作少女呢?)

我穿十号,承认这一点无异于要我的命。我所有的衣服都是八号或更小。我看着自己船一般的大脚,还有那湿乎乎令人讨厌的踝骨。女孩到这个年龄不会再长了吧?

我上六年级时,妈妈给我买了所有关于青春期的书籍,所以我就该为自己即将经历一个多么"美丽""自然""神奇"的转变而心存感激。废话。情况就是这样。她不停地抱怨自己的头发正在变成灰白色、臀部松垂、皮肤起皱,而我却要为满脸的青春痘、尴尬部位的体毛、一夜之间就长了一英寸的双脚而感激不尽。一派胡言。

不管试穿什么,我知道我都会痛恨它。埃菲特已经完全垄断了过时服装市场。里面全都是奶奶才会买给你的生日礼物。它就是时装的墓地。我告诉自己,买条合身的就行。一条——这就达到目标了。我环顾四周,没看见妈妈。我取了三条最不令人反感的牛仔裤拿进试衣间。只有我一人在试衣。第一条太小——我没法把它提上屁股。第二条是更小的号,不必试了。第三条很肥大。正是我要找的尺寸。

我很快出来走到三向镜前。上面穿着一件超大的运动衫,你很难看出这是埃菲特的牛仔裤。还是没看见妈妈。我调整了一下镜子,好看到镜子里面影子的影子。镜子里,我和牛仔裤的影子一重又一重,长达好几英里。我把头发撩到耳后。我早应该洗头了。我的脸也脏乎乎的。我朝镜子靠过去。眼睛后面是眼睛,再后面还是眼睛,都在反瞪着我。我在其中某个地方吗?一千只眼睛在眨呀眨。素面朝天。两个黑眼圈。我把两边的镜子拉近一些,让自己被镜子包围,旁边的商店像被屏蔽在外面。

我的脸变成了毕加索的素描,身体被切割成解剖方块。我曾见过一位体表超过百分之八十被烧伤的女人,所有死皮都得洗掉。人们用绷带把她包扎起来,使她一直处于麻醉状态,等着做皮肤移植。他们其实是把她缝进了新的皮肤里。

我把撕裂的嘴唇顶着镜子。一千个流血的、长满死皮的嘴唇向我顶回来。在全新的皮肤里行走是什么感觉？她会像婴儿那样十分敏感，还是会因为缺少神经末梢而麻木，就像在一只皮包里行走？我呼气，我的嘴在雾气中消失了。我感到皮肤已被烧掉。我步履蹒跚，从一丛荆棘到另一丛荆棘——我那互相憎恨的父母，恨我的雷切尔，把我当作讨厌的毛团、让我无法呼吸的学校。还有希瑟。

我需要忍耐足够长的时间，等待移植新皮。自由人老师认为我应该发现自己的情感。可我怎样才能找到？情感就像思想、耻辱和错误的寄生虫，正将我活活嚼碎。我紧闭双眼。合身的牛仔裤，这是一个良好的开端。我必须远离密室，去听所有的课。我要使自己正常，忘记其他的事。

萌芽

生物学的植物单元已经学完了。基恩老师作了不少暗示，考试会集中在种子上。我用心把种子钻研了一番。怎样播种，这真的很酷。有的植物将种子散发在风中。有的让种子变得足够美味，吸引鸟儿来吃，这样它们会被排泄到经过的车辆上。植物会产出很多种子，因为它们知道生活并不完美，不是所有种子都能成活。你想想看，这称得上明智吧。人们过去也是这样做的——生上十二三个孩子，因为他们知道有的孩子会夭折，有的会堕落，有几个会成为勤恳、诚实的农民。他们知道怎样播种。

种子怎样才能发芽：种子的效率很低。如果埋得太深，就不能在适当的时候完成热身。埋得过于接近地表，则会被乌鸦吃掉。雨水太多，种子会发霉。雨水不足，则永远无法开始。就算已经发芽，也可能被野草压制，被狗连根拔起，被足球碾碎成泥，或因汽车尾气而窒息。活下来的都很了不起。

植物如何生长：快速地。很多植物生长很快，却英年早逝。人能活七十岁，豆苗只能活四五个月。小婴儿般的幼苗破土而出，长出叶片，吸收更多日光。然后它睡、吃、沐浴在日光里，直到花期来临——长成一株少年植物。对玫瑰、百日菊或金盏花来说，花期是一个难熬的阶段，因为人们会用剪刀攻击它们，剪下漂亮的花朵。但植物很酷。如果玫瑰花被人采摘，植株就会再开一朵。它需要开花，从而产出更多种子。

我要在考试中拿到高分。

博洛尼亚流亡[①]

既然在已知的宇宙里没有一个朋友，我开始改变餐厅策略。起初，我不再去排队取餐，这样就能避开进入餐厅时最脆弱的时刻，那时，每个人都高昂着头颅进行评估：朋友，敌人，或失意者。

于是我自己用纸袋带饭。我不得不给妈妈写张字条，请她

[①] 博洛尼亚（Bologna）为意大利北部城市，十八世纪时，危地马拉耶稣会教士兰迪瓦尔被西班牙当局驱逐，流亡此地。

给我买午餐包、腊肠,还有小包的苹果酱。字条让她很高兴。她从店里回来时,带回了我可能会带到学校去的各种垃圾食品。也许我应该开始和他们说话,也许说一点点。可要是我说错了话,又该如何?

博洛尼亚流亡女孩,那就是我。

独自用餐时,我试着看书,但噪音充塞于两眼和书页之间,我没法透过它去阅读。我观察。我假装科学家,从外向内观察,就像基恩老师描述她有段时间观察迷宫里晕头转向的老鼠一样。

玛莎人似乎永远不会晕头转向。她们按固定的位置坐得整整齐齐,我过去的位置换了一位新的女孩——一个刚从俄勒冈州搬来的高二学生。她的衣服聚酯含量高得超出了安全范围。她得当心。她们轻咬胡萝卜和洋葱,在细磨面饼干上抹肉酱,轮流咬一口山羊乳酪。梅格、艾米莉和希瑟喝蔓越莓杏仁露。可惜我没有买果汁公司的股票——我在观察正在形成的走势。

她们在谈论我吗?她们显然在大笑特笑。我猛咬三明治,里面的芥末溅到衬衣上。也许她们正在筹划下一个项目。她们可以把雪球邮寄给得克萨斯州那些因灾害天气而饿肚子的孩子们。她们可以为那些剪掉毛的绵羊织一批山羊毛毯。我想象十年后希瑟生了两个孩子,增重七十磅后会是什么模样。这让我感觉好了一点。

雷切尔(罗谢尔)和来自埃及的交换生哈娜坐在我桌子的

另一头。雷切尔（罗谢尔）正在体验伊斯兰教。她戴一条头巾，穿一条红褐色轻薄透明的扎脚管长裤。她的眼睛周围涂了蜡笔般厚重的黑眼线。我仿佛看见她也在注视着我，但这很可能是我的错觉。哈娜身穿牛仔裤和 Gap 的 T 恤。她们吃鹰嘴豆泥、皮塔饼①，用法语打趣。

少数像我这样的失意者散落在成群的快乐少年之间，仿佛燕麦粥里的梅干。另外一些具备社交能力的人则和其他失意者坐在一起。只有我独自坐在鲜艳的霓虹标牌下面。标牌上显示的是："彻头彻尾的失意者，神志不清。请远离。请勿投食。"

我走到盥洗间，把衬衣的前后掉转过来，让头发遮住芥末的痕迹。

雪天——照常上学

昨晚降雪达八英寸。在国内任何其他地方，这都算雪天。在雪城则不算。我们从来没有雪天。在南卡罗来纳州，降雪只要达到一英寸，到处都关门闭户，还会上六点钟新闻。在我们这个地区，人们会尽早除雪开路，并时常保持道路通畅，还会将巴士轮胎绑上铁链。

长发女告诉我们，在七十年代，因为能源危机，他们曾停课整整一周。天冷得邪乎，学校供暖成本太高。她看上去有点

---

① 即阿拉伯面包，美国人称作皮塔饼。

怀念的意思。她大声擤鼻涕，又吐出一粒难闻的绿色止咳药片。风卷积雪，洒落到窗户上。

老师们需要雪天。他们看上去异常黯淡。男人不仔细剃须，女人总是穿着靴子。他们遭遇了一种教师流感。他们流鼻涕，喉咙痛，眼眶发红。他们来到学校，待很长时间，直到感染了教员休息室，才肯病怏怏地回家。

长发女："打开书。谁能告诉我，对霍桑来说，雪象征什么？"

全班同学："抱怨。"

霍桑想用雪象征寒冷，我是这么想的。寒冷和寂静。没有什么比雪更静谧了。下雪时天空呼啸，像有一百个女妖在暴风雪的尽头飞翔。可一旦当雪覆盖了地面，它便静默下来，和我的心一样沉静。

蠢笨至极

放学后，我悄悄潜入密室，因为我只要想一下坐校车回家，就觉得无法忍受——那一车汗流浃背、露齿微笑的家伙会吸尽我的氧气。我向我的玛雅海报和立体主义树木问好。我的火鸡骨雕塑再次坍塌了。我把它立在镜子旁边的书架上。它滑倒了，平躺下来。由它待在那里吧，我蜷缩进椅子里。密室很暖和，我准备打个盹儿。我近来在家里无法安睡。我会因为被子掉到地上而冻醒，或者醒来发现自己站在厨房门边上，想要出去。我小小的藏身处要安全得多。我睡着了。

醒来时，我听见女孩们在呐喊："积极进取，积——极进取！积——极——进——取！"

那一刻，我还以为自己一个筋斗翻到了真正的精神病人的领地。但接下来人群开始大喊。原来是一场篮球赛，本赛季最后一场。我看看表——八点四十五。我这一觉睡了好几个钟头。我抓起背包，沿着走道飞奔。

体育馆里的喊声把我吸引进去。我站到门边时，比赛已到了最后一分钟。人们在高喊口号，直到最后一秒，就像新年前夜似的。随后，看台上就像狂暴的黄蜂一般爆发出嗡嗡的声音。我们赢了，以五十一比五十战胜了科茨维尔美洲狮队。拉拉队哭了，教练们相互拥抱。我也沉浸在兴奋当中，像小女孩一样鼓掌。

这是我的错，以为自己有了归属。我本应该立即狂奔回家，但我没有。我四处转悠。我想成为这里的一部分。

大卫·佩特拉克斯从一群朋友中间奋力地朝门边走来。他看到我也在看他，便从人群中抽身出来。

大卫："梅林达！你刚才坐在哪儿？你看见最后一投了吗？难以置信！简直难以置信。"他在地上作势拍拍想象中的篮球，假装向左、向右，然后举手投球。大卫应该坚持反对侵犯人权。他说起话来没完没了，就像一个无人控制的皮球滚下山坡。听他说话，你会认为他们刚赢得了NBA总决赛。

然后,他邀请我去他家分享比萨一起庆祝。

大卫:"走吧,梅尔。你得跟我们一起去。我爸爸告诉我想带谁回家都行。需要的话,到时我们可以开车送你回家。会很有趣的。你一定还记得什么是有趣,对吗?"

不。我不参加派对。不了,谢谢。我在找借口:家庭作业多,爸妈管得严,要练习大号,约了深夜去看牙医,得回去喂疣猪(一种非洲野猪)。我参加派对的历史记录可不怎么好。

听我说不肯去,大卫也懒得分析。要是女孩,也许会恳求或抱怨。男孩子可不会。是,不是。去,不去。随你便。周一见。

我想,当你脑子里有一种以上的人格时,那就意味着得了某种精神疾病。这正是我回家时的感觉。两个梅林达在路上一直争论不休。梅林达一号因为不能去参加派对而怒不可遏。

梅林达一号:"别那么呆头呆脑的。只不过是去吃块比萨而已。他不会尝试别的事情。他爸妈也会在场!你太多虑了。你从来不肯让我们找点乐子,对吗?你想要变成那些性情古怪的老妇人中的一员吗,养一百只猫,当孩子们抄近道穿过她家后院时,她就会打电话报警?你真让人受不了。"

梅林达二号等着一号发完脾气。二号观察人行道边上的灌木丛,担心里面会藏着怪物或更可怕的东西。

梅林达二号:"这世界是一个危险的地方。你不知道会发生什么事情。假如他只是谎称他爸妈会在场呢?他可能一直在撒谎。你永远听不出人们什么时候在撒谎。你得做最坏的假设,为灾难作好准备。现在,快点让我们回到家里。我不喜欢在外面。光线太暗了。"

要是我把她们都从头脑里踢出去,那剩下的将会是什么?

难以释怀的夜晚

那天比赛后的晚上,我再度失眠。我花了几个小时把调幅收音机拨到奇妙的夜间栏目。我听来自魁北克的含混不清的声音,听明尼苏达州的农场报道,还有那什维尔的郡电台。我爬到窗户外面,来到屋顶露台,把自己包裹在毛毯里。

一粒胖乎乎的白色种子睡在天幕下。

雪泥已经封冻。人们说冬天永无尽头,那是因为他们过于迷信温度计。在北部山区,枫树已流出蜜汁。勇敢的鹅钻过湖面残留的薄冰潜入水里。地底下,黯淡的种子正在睡眠中翻身。它们开始变得躁动不安,开始梦见新绿。

月亮看上去比八月时更近。

当时雷切尔让我们去参加夏末派对,那是一个拉拉队的派对,有啤酒、高年级学生,还有音乐。她要挟她哥哥杰米开车来接我们。我们全都在雷切尔家里过夜。她妈妈还以为杰米要带我们去滑旱冰。

我们去的地方是一家农场,离我们的小区大约两三英里。酒桶就放在车库,那里还放置了音箱。大多数人都逗留在灯光所及的边缘地带。他们看上去像是牛仔服广告里的模特,瘦骨嶙峋,厚嘴唇,大耳环,满脸纯洁的笑容。我感觉自己简直像个小孩子。

雷切尔找到了与人交往的方法。她因为杰米而认识很多人。我品尝了一杯啤酒,比止咳药还难喝。我大口吞下。再来一杯,喝完又喝了一杯,这时我担心自己要吐。我走出人群,走向树林。月亮照在树叶上。我能看见电灯,它们看上去就像是缀在松树上的星星。有人躲在暗处咯咯傻笑,男孩女孩安静地窃窃私语。我看不见他们。

我身后传来脚步声。是一个高年级的男生,这时他开始对我说话,挑逗我。这是个封面模特般的英俊男孩。他的头发比我的漂亮得多,他一身上下都是晒得黝黑的肌肉,还有一口整齐雪白的牙齿。他在挑逗我!雷切尔在哪里——她得过来看看!

希腊神:"你从哪儿来?你这么美,不应该躲在暗处。来陪我跳舞吧。"

他握住我的手,拉我靠近他。我闻到古龙香水、啤酒和某种说不出的味道。我十分完美地配合他的身体,我的头与他的肩膀齐平。我有点眩晕——我把下巴倚在他的胸口。他一手搂着我的后背,另一只手滑向我的臀部。我认为那有一点粗鲁,但我的舌头因啤酒而麻木,我不知道该怎样告诉他慢下来。音乐很悦耳。高中就应该是这样。雷切尔在哪里?

她应该来看看!

他让我的脸向上仰,对着他的脸。他吻了我,那是男人的吻,有力、甜蜜、深沉。那个吻差点让我站立不稳。有那么一分钟,我在那儿琢磨,我已经有男友了——高中一开学,我就会有男友,他比我年长,比我强壮,时刻准备保护我。他再次吻我。他的牙齿紧紧压迫我的嘴唇。我差点喘不过气来。

一片云遮住了月亮。阴影看上去就像是照片的底片。

"你想要吗?"他问。

他说什么?我没有吱声。我不知道。我没有说话。

我们躺在地上。这是什么时候发生的事?"不。"不,我不喜欢这样。我躺在地上,他在我上方。我双唇嗫嚅着,说我要离开,说有一位朋友要找我,说我爸妈不放心。我能听见自己说话——我口齿含混,像一个神志不清的醉鬼。他的嘴唇锁住我的,我什么也说不出。我将头扭开。他如此沉重,我身上如有千钧巨石。我张嘴想喊,想尖叫,却被他的手捂住了。在我脑子里,我的声音非常清晰。"不,我不想要!"但我却无法说出来。我试图回想,我们是怎么到了地上,月亮跑哪儿去了,哎呀!衬衣被推上去,短裤被拉下来。地面散发出潮湿而黑暗的气息。不!我并不是真的在这儿,我一定已经回到雷切尔家里,在卷头发、贴假指甲,而他身上散发着啤酒味,很下流,他伤害我伤害我伤害我然后他站起来

拉上他的牛仔裤拉链

面露微笑。

接下来我看见了电话。我需要帮助。站在醉醺醺的人群当中，我拨打了911。小学二年级时那些友好警官的造访[①]没有白费。一位女士接了电话。"警察局。你有什么急事？"从厨房水槽上方的窗玻璃中，我看到了自己的脸，我嘴里说不出一个字。那个女孩是谁？我以前从没见过她。"没关系，"那位友好的女士说，"我们知道你所在的位置。警官们已出发。你受伤了吗？你受到威胁了吗？"有人从我手中夺过话筒放到耳边去听。一声尖叫——警察来了！厨房水槽上方的窗玻璃上，蓝光红光闪烁。雷切尔的脸——气极败坏——与我的脸重叠。有人打我耳光。穿过人腿的森林，我爬出房间。外面，月亮微笑着道声再见，溜走了。

我走回空无一人的家。一言不发。

现在不是八月。月亮睡着了，我坐在门廊顶上，像一个封冻的滴水兽，心里想着，今天太阳会不会炸掉这个世界。结果最后一觉睡过了头。

雪地上有血迹。我咬穿了嘴唇，需要缝针。妈妈又要很晚才会回家。我讨厌冬天。我出生以来一直住在雪城，我恨冬天。它开始得太早，结束得太晚。没有人喜欢冬天。可人们为什么要在此定居？

[①] "友好警官"是美国社区活动中的示范项目，目的在于让孩子、青年熟识执法人员。

我的成绩单

社交生活 F　社会研究 F　西班牙语 D
美术 A　　　午餐 D　　　生物 D+
代数 F　　　着装 F　　　英语 D+　体育 D

第四学期

灭虫专家

家长学校联系会发起请愿，要求别再把大黄蜂作为学校吉祥物。因为他们听到了拉拉队队歌。他们是在最后一场篮球比赛中听到的。

> 我们是大黄蜂，
> 激情涌动的大黄蜂！
> 我们无论到了哪里，噢，
> 人们都想知道，
> 我们是谁。好吧我来告诉他们……
> 我们是大黄蜂，
> 激情涌动的大黄蜂！（循环往复）

看到伴随着拉拉队队歌的摇摆舞表演时，现场的美时家长学校联系会大惊失色。而当《激情涌动的大黄蜂》在电视上播出时，遍布全市的家长学校联系会成员无不大跌眼镜。电视体育节目制作人觉得这支队歌很可爱，因此还专门摄制了"大黄蜂哈姿舞"片段，画面上，拉拉队挥舞毒刺，人们相互碰撞、挤压他们的大黄蜂屁股。

学生会开始写反请愿书，由荣誉社团草拟。反请愿书描述了我们一年来因身份缺失而遭受的精神损害，恳求能保持吉祥物的一致性和稳定性。反请愿书写得相当好："我们，美时高中的学生，为我们身为大黄蜂备感自豪。我们顽强、尖锐、聪明。我们是一座蜂房，是一个学生社区。不要夺走我们大黄蜂特有的品质。我们是大黄蜂。"

在足球开赛之前，这不能称其为真正的问题。因为我们的棒球队总是打得很臭。

雨季

春天来了。冬老鼠——那些锈迹斑斑、价值七百美元的汽车，被所有不失理智的人们从去年十一月一直开到今年四月——总算驶回了库房。冬雪消融无踪，锃亮的、俏娇娃似的汽车开始在高级停车场闪闪发光。

还有一些别的春天的迹象。门前的草地吐出了一月时被大雪掩埋的铁锹和手套。妈妈拾掇冬衣，将其束之高阁。爸爸老是嘟哝着要卸掉遮挡风雪的护窗，但还没有动手。从巴士上，我看见一位农夫正在地里漫步，等待泥土告诉他何时可以开始种植。

到了愚人节，大多数毕业班的学生拿到了大学录取通知书或拒绝函。拇指向上或向下。这是一段难熬的时期。压力在变大。孩子们服用瓶装的粉色胃药。我的实验搭档大卫·佩特拉克斯正在编写一个数据库程序，用于追踪谁去了哪里。他想分析师兄师姐们都上了哪些大学预修课、他们的标准化考试分数、又上了哪些课外课程，以及平均成绩是多少，从而推断出他要怎样做才能进入哈佛。

我上了大多数课。好女孩,梅莉。翻身,梅莉。坐下来,梅莉。尽管没有人拍我的脑袋。我通过了代数考试,我通过了英语考试,我通过了生物考试。噢,哈利路亚。可这一切真是无聊透顶。也许这就是孩子们加入社团的原因——这样他们上课时才能有点事情可以琢磨。

野兽安迪加入了国际社团。我从没觉得他会对希腊烹饪或法国博物馆深感兴趣。他已抛弃了玛莎人的餐桌,转而与雷切尔(罗谢尔)、格丽塔-英格丽以及所有其他外国人混在一起。雷切尔(罗谢尔)冲他扇动紫色睫毛,仿佛他是某位有名的花花公子。你会想,她不至于那么傻吧?

复活节来了又去,波澜不惊。但是我认为,它出其不意地捕获了我妈妈。她不喜欢复活节,因为日期不固定,也不是盛大的购物节。当我还是孩子的时候,妈妈时常为我藏彩蛋,总是藏得满屋都是;最后一个彩蛋一定会藏在一大篮巧克力兔子和黄色棉花糖小鸡当中。在爷爷奶奶去世前,他们会带我上教堂,我就会穿上挺括的衣服,衣服上的带子总是让我发痒。

今年,我们吃羊排庆祝复活节。我做了煮得过熟的鸡蛋当午餐,用黑笔在蛋壳上画了些小脸。爸爸抱怨还有那么多院子里的工作必须完成。妈妈没怎么说话。我说得更少。在天堂里,爷爷奶奶皱起眉头。我有点渴望能去教堂。有的复活节歌曲很美妙。

春假

春假最后一天。家里的房屋像在收缩,我如同爱丽丝在漫游奇境。由于担心脑袋会冲破屋顶,我去了购物中心。我兜里装着十美元——用来买点什么呢?薯条——十美元的薯条,终极幻想。假如今天来写《爱丽丝漫游奇境记》,我敢说她会订超大份的薯条,上面写着"来吃我",而不会去买一小块蛋糕。另一方面,我们正奔向夏天,这意味着短裤和 T 恤,也许还随时需要一套泳衣。我从油炸食品的锅前走过。

现在春天已经过去,商店橱窗里却已展出了秋装。我一直在等待着有那么一年,所卖的服装正好应季。有几家店的前门上悬挂着表演艺术家。有个家伙不停地放翻筋斗的飞机;一个整过容的女人不停地把一条围巾系了又系。不,现在是一条裙子。现在是一件露背装。现在是一条头巾。人们避免直视她,看上去他们不知道应该为她喝彩还是应该给些小费。我替她感到难过——我不知道她高中时成绩怎么样。我想给她点小费,但又觉得问她能不能找开十美元难免有些失礼。

我乘自动扶梯下到中央喷泉,在那里,今天的娱乐活动是化装。队排得很长,很闹腾——全都是六岁孩子和他们的妈妈。一个小女孩从我身边走过——她化装成一只老虎。她哭喊着要吃冰激凌,边哭边抹眼泪。她画成老虎模样的脸上颜料被弄花了,她的妈妈在对她吼叫。

"这是怎样一座动物园啊。"

我转过身。发现艾薇正坐在喷泉边上,膝盖上摊开一本巨大的写生簿。她冲哭哭啼啼的队伍点点头,又冲那些暴躁地给条纹、斑点和胡须上色的脸谱画家们点点头。

"真替他们难过。"我说,"你在画什么?"

艾薇挪了挪,让我坐到她身边,把写生簿递给我。她在画孩子们的脸。每张脸都有一半是素色,很悲伤,另一半则涂上厚厚的、强装快乐的小丑妆。她没有画老虎,也没有画豹子。

"我上次来这儿的时候,赶上他们在画小丑脸。今天可没这么走运。"艾薇解释道。

"看上去也不赖,"我说,"不过有点可怕。还没到毛骨悚然的地步,只是有点出人意料。"我把写生簿递还给她。

艾薇把铅笔插进她的发髻。"不错。那正是我想要的。你做的那个火鸡骨头作品也让人恐惧。用一种好的方式让人恐惧,美好的恐惧。几个月过去了,我还念念不忘。"

现在我该说什么呢?我咬咬嘴唇,然后松开。我从口袋里掏出一卷救命的口香糖。"来一片吗?"她拿了一片,我拿了三片,我们默不作声地嚼了一会儿。

"你的树怎么样了?"她问。

我叹了口气。"说起来就让人心烦，选择美术是个错误。我做的木工活惨不忍睹。"

"哪有你想的那么不堪。"艾薇说。她把写生簿翻到空白页，"我不知道你为什么一直用亚麻油毡板。要换作我，我肯定会通过绘画表达出来。就这儿——来试着画棵树吧。"

我们坐在那儿换着用铅笔画画。我画树干，艾薇加上枝条，我把树枝加长，但它太长了，而且过于纤弱。我准备擦掉它，但艾薇不让我擦。"这样就很好，只需要添些叶子。叶子要有层次，大小要各不相同，这样看上去就会很棒。瞧，你开头开得不错。"

她说得对。

遗传学

今年，生物课的最后一个单元是遗传学。想听基恩老师讲课是不可能的。她的声音听起来就像是一部无法运转的冷式发动机。这堂课从某个名叫格雷格的研究蔬菜的牧师开始，最后讲到了关于蓝眼症的争论。我认为我漏掉了什么——我们怎么会从蔬菜跳到了眼睛的颜色？我要抄大卫的笔记。

我快速翻看课本。有一章是关于酸雨的，很有趣。没有关于性的。我们要到高二才会学到。

大卫在笔记本里画了一张表。因为铅笔尖弄折了，我走到教室前面去刨笔。我认为走走对我有好处。基恩老师继续讲课。我们的基因一半来自父亲，一半来自母亲。我想，我的牛仔裤来自埃菲特。哈哈，生物学笑话。

妈妈说我和爸爸的家族很像。他们大多是当警察和卖保险的，喜欢赌橄榄球，抽令人讨厌的雪茄烟。爸爸说我和妈妈的家族很像。他们都是农夫，种岩石和毒葛藤。他们沉默寡言，不看牙医，不读书。

在孩童时代，我经常假想自己是一位公主，由于我的王国坏人当道，我被人收养。有一天，我的亲生父母，也就是国王和王后，会派一辆皇家豪华轿车来接我。我七岁那年，爸爸第一次乘坐豪华轿车去机场时，我险些心脏病发作。我以为他们真会来把我接走，可我并不想走。从那以后，爸爸只好坐出租车去机场。

我看着窗外。没有豪华轿车，没有战车，也没有四轮马车。现在，当我真想离开时，却没有人来接我。

我画了一株垂到水面的柳树，我不想把它给自由人老师看。这一幅是为我的密室画的。我已经把一些自己的画贴到墙上。要是还有什么课和这堂课一样无趣的话，我就准备一直都待在密室里。我画的树叶很好，很自然。窍门在于把它们画得大小各异，让它们层层叠叠。艾薇说得没错。

基恩老师在黑板上写下"显性/隐性"。我在看大卫的笔记，他画了一棵家谱树。大卫的头发遗传了父亲的基因，眼睛遗传了母亲的基因。我也画了一棵家谱树，但只有树桩。我们家没那么多人。吉姆叔叔、托马斯叔叔、玛丽姑妈、凯西阿姨——还有一个姑妈，可她非常"隐性"。她让自己"隐"到秘鲁去了。我认为我遗传了她的眼睛。我性格中"我不想了解这个"的基因来自爸爸，"我明天再考虑"的基因来自妈妈。

基恩老师说，第二天我们会有一次测验。我真希望我上课认真听了。我希望我是被收养的。我希望我想要抄大卫的笔记时，他别再长吁短叹。

在高中他们会告诉你的另外十大谎言：
1. 在成年生活中你会用到代数。
2. 开车上学是一项可能会被取消的特权。
3. 学生必须在校园吃午餐。
4. 新的课本随时会到。
5. 大学很在意你的高考成绩。
6. 我们将强制执行着装规定。
7. 我们很快会明白怎样关掉暖气。
8. 我们的校车司机都是受过充分训练的专业人员。
9. 暑期班没什么不对。
10. 你要是有什么不吐不快的事，我们洗耳恭听。

我的间谍生涯

雷切尔（罗谢尔）意乱情迷。她已怦然心动。她跟野兽安迪以及她的交换生朋友一道去看电影，现在，她追随着他，像一只卷毛比熊犬一样气喘吁吁的。她的密友格丽塔－英格丽则搂着他的脖子,就像一条白色的围巾。当他吐痰的时候,我敢打赌,雷切尔(罗谢尔)会拿杯子接住并保存起来。

斯德特曼老师上课之前,雷切尔(罗谢尔)正和一些别的白痴大谈这次电影约会。我想吐。雷切尔(罗谢尔)一会儿"安迪这个",一会儿"安迪那个"。她还能更显摆一些吗?我堵住耳朵,屏蔽了她那哮喘般的笑声,然后开始写昨天就该完成的作业。

由于斯德特曼老师的声音制造了一道平和的白噪声[①]屏障,在上课时写作业通常比较容易。但今天我做不到。我无法摆脱萦绕在心头的争论。为什么要为雷切尔(罗谢尔)担心呢?(他会伤害她。)整整一年来,她对我做过哪怕一桩正当的事情吗?(她是我初中时期最好的朋友,不能一笔勾销。)不,她是巫婆和叛徒。(她没看见所发生的事。)让她去迷恋这畜生吧;我希望他揉碎她的心。(万一他还会揉碎别的什么呢?)

一下课,我迅速融入第一批人群,夺门而出,以免斯德特曼老师抓住我要我交作业。雷切尔(罗谢尔)从我身边挤过去。格丽塔－英格丽和一位来自比利时的小矮个儿正在前面等着她。我尾随她们,中间隔着两个身子的距离,就像电视上的密探那样。她们向外语楼走去。这不奇怪。外国孩子总在那儿,仿佛他们每天都需要吸入几次充满母语的空气,要不然就会因为过多的美语窒息而死。

[①] white noise,是指功率谱密度在整个频域内均匀分布的噪声。

就在她们上楼梯时，野兽安迪就像从她们的头顶俯冲下来，然后收起翅膀，跻身于这群女孩中间。他想要亲吻格丽塔－英格丽的脸颊，但她扭头躲开了。他亲吻雷切尔（罗谢尔）的脸，她咯咯傻笑。他没有吻比利时小矮个的脸。到了外语部办公室门口，比利时人和瑞典人挥手道了"ciao①"。有传言说，这儿有一架意大利浓缩咖啡机。

亲密的氛围一直伴着雷切尔（罗谢尔）和安迪走到过道的尽头。我面向一个角落，假装温习代数。他们席地而坐，雷切尔（罗谢尔）盘着腿。安迪偷走了雷切尔（罗谢尔）的笔记本。她像婴儿般地抱怨，爬过他的膝盖，想把笔记本拿回来。我浑身直起鸡皮疙瘩。他把笔记本从一只手倒到另一只手，她怎么也够不着。过道就像一座封闭的橄榄球场。他的嘴唇像在投毒，她笑了，给了他一个湿吻。不是那种女童子军的吻。他把笔记本还给她。他的嘴唇在动。我的耳朵里涌出熔岩。她压根儿不再是矫揉造作的小姑娘雷切尔（罗谢尔）了。我只能看到小学三年级时的雷切尔（罗谢尔），喜欢吃烤薯片，把粉色的绣花线编进我的小辫里，让我一直保留了几个月，直到妈妈强迫我拆掉它。我把头靠到粗糙的灰泥墙上。

稀薄的空气

要把这些事情想清楚，最好的地方莫过于我的密室，我的宫殿，收养我的家。我想洗个淋浴。也许我应该告诉格丽塔－

---

① 意大利语：再见。

英格丽。(可我的瑞典语不够好。)我可以对雷切尔说。(是的,正确。)我可以说我听到过关于安迪的不好的事情。(这只会使他更有魅力。)也许我可以告诉她发生过的事。(如果她愿意听的话。万一她告诉了安迪呢?他会做些什么?)

没有太多地方可以踱步。我向前走两步,转身,往回走两步。我的小腿撞上了椅子。愚蠢的房间。坐在这样一个密室,多么蠢的主意。我扑通一声坐到椅子上。它嗞嗞地冒出一股老看门人的气味——那是脚丫的气味,牛肉干的气味,衬衣在洗衣机里存放太久的气味。火鸡骨头雕塑则散发出一丝淡淡的腐烂气息。三个装满百花香的婴儿食品罐并不能使臭味有所消减。在暖气的通风口附近,说不定有只死老鼠烂在了墙里。

玛雅·安琪卢凝视着我,她的两只手指头放在一边脸上。这是很睿智的姿态。玛雅想让我去告诉雷切尔。

我脱下汗衫,我的T恤贴在身上。尽管天气已经暖和得让人想开窗,但他们仍旧把暖气开到最大。一扇窗,那正是我需要的。不管我怎样抱怨冬天,冷空气呼吸起来还是更容易些,就像银汞往下进入肺部又被呼出来。四月是潮湿的,空气中布满冰雪消融带来的水汽或毛毛细雨。这是一个温暖的、弥漫着发霉毛巾气味的月份。

我贴在墙上的画的边缘受潮卷了起来。我猜想,我的树木项目已经取得了一些进展。就像毕加索那样,我已走过了不同的阶段。在困惑期,我没明白这项作业真正的用意。在愚笨期,我画不出一棵救命的树。在死亡期,我的树就像经历了一场森林大火或枯萎病。我做得越来越好。但还不知道现在该叫什么时期。所有这些画让密室看上去更狭小了。也许我应该给看门人一点好处,让他帮我把这所有的东西都拉到我家里,把我的卧室布置得更像密室,更像家。

玛雅拍拍我的肩膀。我没有听。我知道了我知道了,我不想听。我需要为雷切尔做点什么。玛雅什么都没说,却把一切告诉了我。我还在犹豫。雷切尔会恨我,(她早就恨我了。)她不会听的。(我必须试试。)我叹口气,从笔记本里撕下一张纸。我给她写了张便条,用左手写的,这样她就不会知道是我给她的。

"安迪·伊文斯会利用你,他并不是他佯装出来的那样。我听说他攻击过一位初三学生,要非常非常小心。一位朋友。(又及:请你也告诉格丽塔－英格丽。)"

我也不想为这位瑞典来的超级模特感到不安。

又添新恨

自由人老师是个笨伯。他并没有让我独自去"找到我的缪斯"(我发誓,这是他的原话),而是坐在我旁边的小凳子上,开始批评。我的树哪儿不对劲?他说的话像洪水泛滥,我的树被他说得一钱不值。呆板、不自然、缺乏流动感。这对无论哪儿的树都是一种侮辱。

我同意。我的树毫无希望。它不是美术,它只是不想去上缝纫课的借口。我不该属于自由人老师的画室,相对来说,我更适合待在玛莎人那里,或者待在我那小女孩的粉色卧室里。这里属于真正的画家,比如艾薇。我拿起亚麻油毡板,走到垃圾桶边上,狠狠地把它扔了进去,这让每个人都看我。艾薇透过她的线状雕塑冲我直皱眉头。我回到座位坐下,头伏在课桌上。自由人老师把垃圾桶里的毡板拿了回来。他还拿过来一包舒洁纸巾。他怎么知道我哭了?

自由人老师:"你这个已经做得好一些了,但还不够好。这看上去像一棵树,但它只是一棵平庸的、普通的、常见的、无趣的树。要为它注入生命。让它弯曲——树是柔软的,这样才不会折断。给它刻上结疤,给它一枝盘绕的枝条——完美的树并不存在。没有什么是完美的,缺陷反倒很有趣。做一棵树吧。"

他有一副冰激凌一样甜美的嗓音,仿佛幼儿园的老师一般。既然他认为我能做到,那我就该再试一次。我的手指头伸向了毡板刻刀。自由人老师在我肩上拍了一下,然后转身给别人制造痛苦去了。等到他不再观看的时候,我试着把生命刻进那张扁平的方形油毡板里。

也许我可以把整块板都镂空,题为"空板"。要是一位名人这么做,它很可能真会大受欢迎,卖一大笔钱。要是我这么做,就会不及格。"做一棵树",这是怎样的建议?自由人老师一直和一大群新生代怪人厮混。在小学二年级的游戏里,因为我做了一匹害群之马,被罚扮一棵树。我站在那里,伸出双臂当作树枝,在微风中垂下脑袋。我的手臂又酸又疼。我怀疑,那些树是否曾被要求"做一个神经紧张的高一学生"。

封口令

大卫·佩特拉克斯的律师与脖子老师以及某一类教师的律师见过面了。猜猜谁赢了。我敢说,要是愿意的话,大卫·佩特拉克斯可以在这一年剩下的时间里旷课,最后仍然会得到A。只是他永远不会这么做。但你最好相信,任何时候只要大卫举手,脖子老师都会让他畅所欲言。大卫,安静的大卫,脑子里装满了社会学那些冗长、无休无止、无穷无尽的论点。全班同学都对他心存感激。我们对万能的大卫俯首膜拜,是他替我们把脖子老师的压力都屏蔽了。

不幸的是,脖子老师仍然安排测验,大多数人都考不及格。脖子老师宣布:凡测验不及格者,可写一份附加报告,主题为《世纪之交的文化影响》。(他跳过了工业革命,勉强拉扯着我们班走过了一九零零年。)他不想让我们全体进入暑期补课班。

我也不想在暑期班见到他。我写了一篇关于妇女参政的论文。在参政之前,妇女形同刍狗。

* 妇女不能选举
* 妇女不能拥有财产
* 妇女被禁止进入很多学校

她们只是玩偶，没有思想，没有观点，没有自己的声音。然后妇女参政兴起，高昂的、咄咄逼人的观念比比皆是。她们被逮捕入狱，但没有什么能让她们缄默。她们战斗不止，直到赢得早该拥有的权利。

我写了一篇最好的报告。从书中引用的话，我都加了括号或脚注标明。我参考了书籍、期刊文章和一盘录像带。我甚至想去一家养老院寻访年迈的妇女参政者，但她们很可能已经去世了。

我甚至按时交了报告。脖子老师对我怒目而视。他俯视着我说："要想报告得分，你必须做口头报告。明天。一上课就做。"

我：

没有正义，就没有和平

我绝不会当着全班的面念我的妇女参政报告。起初布置作业时没有说要做口头报告。脖子老师到最后关头改变了主意，只是因为他想让我不及格或者讨厌我。可我已经写了一篇真正优秀的报告，我绝不会让一个白痴老师这样来捉弄我。我请大卫给我想想办法。我们制订了一个计划。

我早早到了教室，这时脖子老师还在走廊里。我把自己需要说的话写到黑板上，然后在上面贴了一张关于妇女参政的抗议海报，遮住了黑板上的字。从复印店搬来的盒子放在地板上。脖子老师进来了，他嘟囔着告诉我可以第一个念。我像一位妇女参政者那样，笔挺而冷静地矗立着。这是假象，我内心感到就要遭遇一场龙卷风。我的脚指头在运动鞋里弯曲起来，想要抓紧地板，以免被气流吸出窗外。

脖子老师朝我点头。我拿起我的报告，看上去像要大声宣读。我站在那儿，手里的纸页颤抖不止，仿佛有风从紧闭的门缝里吹进来。我转过身，揭下黑板上的海报。

> 妇女参政者为话语权而战斗。她们被攻击，被逮捕，被投进监狱，只因为敢于做她们想做的事。和她们一样，我也愿意为我相信的事站起来。没有人应该被强迫演讲。我选择保持沉默。

全班慢慢地阅读，有的人嘴唇在动。脖子老师转身看大家都在盯着的这段话。我朝大卫点头，他站到教室前方，和我并肩而立。我把盒子递给他。

大卫："按照布置作业时的要求，梅林达需要把她的报告发给大家。她复印了很多份，这样大家都能读到。"

他分发了复印件。为这些复印件，我在办公用品店花了六块七角二分。我本想设计一个封面，涂上彩色，但我最近囊中羞涩，只好把标题放在首页顶端了事。

本来我计划在教室前面站足陈述所需的五分钟。妇女参政者肯定也得为她们的抗议作好规划和打算。可脖子老师另有计划。他给我的作业打了 D,并"护送"我去找校方。我忘了妇女参政者是怎样被拖进牢房的。呸。我参观了辅导员办公室、校长室,然后回到了美时在校停课室。我再次被认定为违纪。

我需要一名律师。我这学期每天出勤,每节课都没落下,做了一些家庭作业,考试从未作弊。我仍然被关进了停课室。他们不能因为我不说话就惩罚我。这不公平。他们对我有何了解?他们对我的内心都知道些什么?几道电光闪过,孩子的哭泣。遭遇雪崩,耽于忧虑,在怀疑和负罪的重压下蠕动。还有恐惧。

停课室的墙壁还是雪白一片。野兽安迪没来。单为这一件小小的好事,我就该感谢上帝。一个男孩正在打盹,他的头发被染成柠檬色,看上去让人觉得他很快就要变成外星物种;两个哥德帮女孩身穿黑天鹅绒礼服和精心做旧的连裤袜,相对露出蒙娜丽莎般的微笑。她们逃学去排队购买"杀手"演唱会的门票。同十排二十号、二十二号的座位相比,被关进停课室算不了什么。

我就要爆发了。电视上的律师总是要求他们的客户保持沉默。警察也总是说:"你所说的每句话都会被用来反对你。"这叫自认犯罪。我查过词典。既然如此,为什么每个人都因为我不说话而费尽心机?也许我不想自认犯罪。也许我不喜欢自己发出的声音。也许我无话可说。

柠檬色头发的男孩从椅子上跌下来,这下总算醒了。哥德帮的女孩则发出嘶嘶的声音。脖子老师以为没有人看他,正忙着挖鼻孔。我需要一位律师。

雄辩者的忠告

社会学课上,大卫·佩特拉克斯递给我一张字条。是打印的。他认为,我爸妈没有把脖子老师的课录下来,也没有像他家人支持他那样支持我,这很可怕。有人替我难过,这种感觉真好。我没有说,我爸妈并不知道社会学课堂上发生的事。不过等到下次见我的辅导员时,他们很快就会知道的。

我认为大卫应该做一名法官。他最新的职业目标是做一个量子物理的天才。我不知道那是什么意思,但他说他爸爸为此勃然大怒。他爸爸是对的——大卫就是为法律而生的:超出常人的冷静,涡轮增压的头脑,善于捕捉弱点的慧眼。

他在我的储物柜边上停下来。我告诉他,因为我那篇妇女参政的报告,脖子老师给我打了 D。

大卫:"他有他的道理。"

我:"那是一篇很棒的报告!你读过的。我列出了参考书目,而没有照抄百科全书。这是迄今为止最好的报告。脖子老师不懂得欣赏表演艺术,这能怪我吗?"

大卫稍停了一下,给了我一块口香糖。这是一种拖延技巧,是陪审团爱用的。

大卫："可是你理解错了。妇女参政者都需要说出来,把她们的权利喊出来。而你却不能把你保持沉默的权利说出来。那就等于让坏人得逞。要是妇女参政者都像你这样,妇女到现在还不会有投票权。"

我朝他脸上吹了一个泡泡。他把糖纸折成一个小三角。

大卫："别误会。我认为你的所作所为也算是很酷了,为此被关进停课室很不公平。但不要期待这有什么不同,除非你能够为自己大声说出来。"

我："你对所有的朋友都这样说教吗？"

大卫："只对我喜欢的。"

对这句话,我们都咀嚼了一分钟。铃声响了。我还在储物柜里不停地找一本我早就知道不在里面的书。大卫看了一百次手表。我们听见校长在大吼："动作快点儿,同学们！"

大卫："也许我会给你打电话。"

我："也许我不会接。"咀嚼,咀嚼。泡泡吹出噼啪噼啪的声音。"也许我会接。"

他会约我出来吗？我想不会。但他有那么点意思。我猜,要是他真打电话,我会接的。可要是他触碰我,我就会爆炸,所以约会没问题,但不能触碰。

野兽潜行

放学后,我留下来画树木素描。自由人老师帮了我一会儿。他给我一卷牛皮纸,一支白色粉笔,向我示范如何用三条曲线画一棵树。我屡屡出错,但他并不在意。"只需一,二,三,"他说,"就像一曲华尔兹。"一遍又一遍,我用掉的纸长达一英里,但他毫不在意。这也许正是他与美时当局之间出现预算问题的根源所在。

一阵天神般的声音差点震破对讲系统,通知自由人老师,教员会议他迟到了。自由人老师说了一些你通常不会从老师嘴里听到的话。他给了我一支新粉笔,要我画树根。没有树根,就不可能长出一棵像样的树。

美术教室是令我感到安全的地方之一。我又哼又唱,不用担心会显得傻里傻气的。树根。啊哈。不过我会试试。一二三,一二三。我不必为明天操心,也不必为下一分钟发愁。一二三。

有人轻轻关掉了灯。我的脑袋猛地抬起。它在那儿,野兽安迪。我的心像小兔子一样从胸口跳出,仓皇跃过纸张,在我的树根上留下了带血的足迹。他又打开了灯。

我闻到了他的气味。真想知道他从哪儿弄到的那种古龙香水。我想这种香水应该被叫做"恐惧"。你不停地坠落,却永远无法着陆,这已变成了反复出现的梦魇之一。我只感到自己就要以一百英里的时速砸进地里。

它:"你看见罗谢尔了吗?罗谢尔·布莱恩?"

我一动不动地坐着。也许我可以融入金属桌子和破烂的陶罐。他朝我走来,步子又长又慢。那气味险些让我窒息。我战栗不止。

它:"她约好和我见面的,但我哪儿都找不到她。你知道她是谁吗?"

我:

它坐上我的桌子,它的腿弄脏了我的粉笔画,树根一片模糊,就像一片青苔色的雾。

它:"喂?有人在家吗?你聋了吗?"

它盯着我的脸。我紧咬双颌,牙齿化为齑粉。

我是一只在露营拖车大灯下突然凝固的小鹿。他会再次伤害我吗?他不会,在学校不会。他会吗?我为什么不能呐喊,说点什么,做点什么?我为何如此怯懦?

"是安迪吗?我一直在外面等你呢。"雷切尔旋风般冲进教室,她穿一条附庸风雅的吉卜赛围巾裙,项链上的镜子和眼睛差不多大。她噘着嘴,安迪跳下桌子,撕裂了我的画纸,把碎粉笔弄得到处都是。艾薇正好进门,和雷切尔撞了个满怀。她稍显迟疑——她肯定感觉到发生了什么事——然后,她从书架上取下她的雕塑,挨着我坐到桌子边上。雷切尔看着我,但她什么也没有说。她肯定已收到我的便条——我寄出已经超过一个星期了。我站起来。雷切尔勉强朝我们挥手道了声"Ciao"。安迪的手搂着她的腰,把她揽得更贴近他的身体,然后飘出门外。

艾薇在和我说话,但我过了一会儿才听到她的声音。"整个一头蠢猪!"她说。她揉捏着泥土,"我真是不相信她会跟他出去。你信吗?她变得我都不认识了。他就是个麻烦。"她把一块泥土重重地拍到桌上,"相信我,那个卑鄙小人是个大麻烦。"

我很想留下来和她说说话,但我的脚不让我如愿。我没有坐公交车,而是步行回了家。我打开前门,径直上楼来到自己的房间,穿过小地毯,钻到壁柜里面,连书包都没放下来。我关上柜门,把脸埋进搁架左边的衣服里。这些衣服几年前就已经不合身了。我嘴里塞满旧布,放声尖叫,直到皮肤底下不剩一点声音。

想家

精神健康日到了。我需要这么一天,可以穿睡衣,吃纸盒装冰激凌,涂脚指甲,看垃圾电视。你得提前为精神健康日制订计划。这是我从妈妈和她的朋友金姆的谈话中学来的。

妈妈总是提前四十八小时开始扮演病人。她和金姆共度精神健康日。她们买鞋，看电影。前卫的成人犯罪片。这世界会变成什么样？

我没吃晚饭，也没吃甜食。在看新闻的时候，看我咳嗽得太厉害，爸爸叫我服用止咳药。到了早上，我在眼眶下面涂了些睫毛膏，这样我看上去就像整夜未眠。妈妈给我量了体温——证实我发烧了。连我自己都感到惊讶。她的手很凉，就像放在我额头上的一座小岛。

话脱口而出，我已来不及收回。

我："我觉得不舒服。"

妈妈拍了拍我的后背。

妈妈："你肯定生病了。你说话了。"

就连她都听出这样说太刻薄了。她清清嗓子，想再说些什么。

妈妈："对不起。听到你的声音真让人高兴。回到床上去休息吧。我走之前会把餐盘给你端上来。现在你想来点姜汁汽水吗？"

我点点头。

奥普拉、萨莉·杰西、杰瑞①和我

我烧到一百零二点二华氏度②,听上去像是某个电台的频率。妈妈打电话提醒我多喝液体。我只说了声"谢谢",但喉咙还疼。她打电话给我,真好。她答应带果冰回家。我挂上电话,手里拿着遥控器,蜷伏在窝一样的沙发里。咔嚓。咔嚓。咔嚓。

假如我的生活是电视节目,它会是什么样?假如它是一档放学后的特别节目,我会面对同龄观众演讲,主题是"怎样才能留住童贞",或者"为什么应该把高年级学生关起来",或者"我的暑假:酗酒派对、谎言和强奸"。

我被强奸了吗?

奥普拉:"让我们来探讨一下。你说了不。他用手捂住你的嘴。你当时十三岁。你喝醉了,这并不重要。亲爱的,你被强奸了。这对你是多么煎熬的事啊。你就从没想过要告诉别人吗?你不能把它永远埋在心里。有谁能给她递张纸巾吗?"

萨莉·杰西:"我要追究这个男孩的责任。他应当负责。你确认这是一次攻击,对吗?这不是你的错。我想要你听我说,听我说,听我说。这不是你的错。这个男孩是个畜生。"

---

① 三人均为美国著名的脱口秀节目主持人。
② 相当于 39 摄氏度。

杰瑞："这是爱吗？不是。这是欲望吗？不是。这是温柔、甜蜜，是他们在杂志上谈到的第一次吗？不，不，不，不，不。说出来，梅蒂尔达，哦，梅林达，我听不到你的声音！"

我头疼得要命，我喉咙疼得要命，我肚子里的有毒废物直冒泡。我只想睡觉。昏迷会更好。或者失忆。什么都行，只要能摆脱这件事情、这些想法，还有我头脑里的低语。他也强暴了我的头脑吗？

我服了两片泰诺，吃了一碗布丁。然后我看《罗杰斯先生的街坊》，看着看着就睡着了。虚拟的邻里之旅还真不错。没准我可以和节目里的丹尼尔条纹虎一起待在他的树屋里。

真正的春天

五月终于来了，天不再下雨。这也是件好事——雪城市长本已打算签发召集令，寻找一个名叫诺亚的家伙。太阳露出牛油般的浅黄色，暖意融融，在它的怂恿下，郁金香钻出了坚硬的地面。真是一个奇迹。

我们的院子乱作一团。我们所有的邻居都有那种能登上杂志封面的大花园，里面种满了和百叶窗相配的鲜花，还有价格不菲的白色岩石环绕着成堆的、新鲜的地表护根物。我家花园里向来只有遮住前窗的灌木，还有成堆的枯叶。

妈妈已经出门了。在埃菲特，星期六是一周销售量最大的一天。爸爸在楼上呼噜连天。我穿上一条旧牛仔裤,从车库后面刨出一只耙子。我着手清理那些让灌木透不过气来的树叶。我敢打赌,爸爸已经多年没有清理过了。灌木丛看上去很无辜,上部干枯了,但最上层以下还是湿润光滑的。一层白霉从一片叶子蔓延到另一片。树叶相互粘连,就像散了的书页。我把枯叶耙到前院,堆成一座小山,又发现前院更多,就像大地趁我不注意时吐出的污物。我必须与灌木作战。它们绊住耙齿,让它动弹不得——它们不喜欢我把残枝败叶清除一空。

这些活儿花了我一个钟头。最后,耙齿沿着潮湿的褐色烂泥打磨它的金属指甲。我双膝跪地去够后面,拽出剩下的枯叶。基恩老师会为我自豪的。我观察,阳光下的虫子蠕动着寻找藏身之所,某种植物的叶片下面,苍白中泛着浅绿的嫩枝已努力抽出。就在我观察的时候,它们挺直身子,面向阳光。我发誓,我能够看见它们生长。

车库门开了,爸爸把吉普车倒出车库。他见到我后,在车道上停下来。他关掉引擎,下了车。我站起身,掸掉牛仔裤上的泥土。我的掌心被耙子磨出水泡,胳膊酸软乏力。我看不出他有没有生气。说不定他就喜欢前院看上去像垃圾站呢。

爸爸:"这活儿可不轻松啊。"

我:

爸爸:"我去商店买些袋子来装树叶。"

我：

我们俩就那样两臂交叉站在那儿，盯着那些幼小的植物在遮房蔽屋的灌木阴影中努力生长。太阳躲到了云朵后面，我有点发抖。我应该穿件运动衫出来。风把街边橡树枝上不肯坠落的枯叶吹得沙沙响。我满脑子想的都是，剩下的树叶都会落下，那时我还得继续耙院子。

爸爸："看上去好多了。我是说，像这样打扫之后。"

又起风了。树叶在抖动。

爸爸："我想，我应该把灌木修剪一番。当然，到时候你就会看见百叶窗，发现它们该刷漆了。要是我给这些百叶窗刷了漆，我就得把所有百叶窗都刷一遍，而且修剪也很费事。还有前门。"

我：

树："嘘——沙沙——嘀嗒嘀嗒——嘘……"

他转身去听树发出的声响。我不知道该作何反应。

爸爸："这棵树病了。看见了吗？左边的树枝没有发芽。我会叫人来看看。我可不希望它在暴风雨里折断，掉进你的房间。"

谢谢你，老爸。你这是怕我还没有得难以入睡的病吗？第六十四号担心：飞来的树枝。我本不该去耙什么院子。瞧我都开了个什么头。我本不该去尝试新事物。我就应该待在屋里,看卡通片,吃掉一碗双份脆谷乐。我应该待在自己的房间里。待在我的头脑里。

爸爸:"我想我得去五金店了。想去吗?"

五金店。那里有七英亩不修边幅的男人,还有两眼发光、搜寻着完美的螺丝刀、除草剂和火山气体烧烤架的女人。噪音。光。手持短柄小斧、大斧头和锯条的孩子沿着过道奔跑。人们为了浴室刷什么颜色的漆打起来。不想去,谢谢你。

我摇摇头。我拾起耙子,动手把枯叶堆拢得更整齐。一个水泡破了,粘到耙子的把手上,像一滴泪。爸爸点点头,走向吉普车,钥匙在指间发出刺耳的声音。一只知更鸟落到低矮的橡树枝条上,开始教训我。我耙掉了我喉头的枯叶。

我:"你能买些种子吗?花的种子。"

犯规!

教我们体育的康纳斯老师正在教我们打网球。如果说有什么运动不是纯属浪费时间的话,那就是网球。要是只需要投罚球的话,篮球也很棒,但大多数时间,你都得和其他九个人一起在场上推来搡去,满场奔跑。网球要文明得多。只需要两个人打(除非你练习双打,反正我从来不)。规则很简单,你过不了几分钟就得喘口气,还可以把自己晒得黝黑。

我在几个暑假以前正规学过网球,那时,我爸妈是一家健身俱乐部的体验期会员。妈妈为我报了网球课,我和爸爸打过几次,后来他们觉得每月费用太高,就没有继续学。由于我在网球方面还不太笨,康纳斯老师让我和运动女神妮科尔搭档,为其他同学作示范。

我先发球,发得很漂亮,球速也不错。妮科尔立即反手回球。我们前后奔跑截击球。康纳斯老师吹响哨子让我们暂停,她为大家讲解网球笨拙的计分体系,如数字没什么意义,love[①]也毫无价值。

接下来由妮科尔发球。她发了记ACE球[②],时速约九十英里,我还没来得及移动,球已落在边线内侧。康纳斯老师夸妮科尔很了不起,妮科尔报以微笑。

我没有微笑。

我等待她发第二个球,我回球直接打中她球拍的拍颈。康纳斯老师也对我说了句什么表扬的话,妮科尔拨了拨球拍线。我发球。

我把球在地上拍了几下。妮科尔用脚掌左右弹跳。她不再优哉游哉。她的自尊危如累卵,这关系到她的名望。她可不会败在某个默不作声的、曾是她朋友的违纪怪人手下。康纳斯叫我发球。

---

① 网球计分中的零分。
② 指网球比赛中,发球方将球发到对方场地有效区域,对方球拍未触及球,发球方直接得分。

我挥拍击球，网球直接奔向妮科尔的嘴，还有她那定制的紫色护口器后面的牙齿。她站立不稳。

康纳斯老师："犯规！"同学们咯咯大笑。

脚部犯规。出脚违例，脚趾过线。我还有二发。这是网球文明的另一个体现。

我拍了拍黄绿色的球。一二三。抛到空中，就像放飞一只鸟儿或一只苹果，随后手臂划出一道弧线，转肩，把愤怒的力量传过去，别忘记瞄准。我的球拍如同有了自己的生命，聚集了能量。它向下击球，网球像子弹般越过球网。球在场上爆炸，妮科尔来不及眨眼，地上已炸出一个弹坑。球从她身畔呼啸而过，重重地击中围网，铿然有声。谁也没笑。

没有犯规。我拿下一分。最后妮科尔赢了，但差距甚微。每个人都在抱怨手上的水泡。因为干院子里的活，我双手已长出老茧。我可以足够坚忍地打球，足够强壮地赢球。也许我会让爸爸再陪我练习几次。要是我能在某方面打败某人，这将成为我时乖命蹇之年的唯一荣誉。

年鉴

年鉴发下来了。除了我，似乎每个人都了解这个惯例。你在里面搜寻着每个似熟非熟的人，请他们在你的年鉴里留言，于是你们俩就成了密友，永不相忘，永远记得（　　）班（填空），然后过一个很精彩的暑假。留住美好。

我看到一些孩子请餐厅女服务员在年鉴上签名。她们会写什么？"希望你的鸡肉馅饼永不渗血"？或者"祝你的果冻永远颤动"？

拉拉队员已获得某种特殊豁免权，可以在大厅闲逛，她们手里拿着笔，搜集教职员工或学生的签名。当她们从我身边飘过的时候，我闻到一股很有战斗力的果汁味。

年鉴的出现解释了另一个高中的秘密——为什么所有受欢迎的女孩都能容忍托德·赖德那些令人反胃的恶习。他是头猪。油腻，肮脏，嘴里不干不净，不爱洗澡，身上透着一种大学兄弟会的习气。可为什么那些女孩子整年对他溜须拍马？

托德·赖德是年鉴的摄影师。

随手翻几页，看看谁是他的宠儿。对托德好一点，他就会为你拍照，很快就会有一家模特中介打电话到你家里。要是冷落托德的话，你看上去就会像拖车营地里那些度日如年的难民。

假如我来办一所高中，我会在开学首日的训话中讲到这些事情。我过去不了解托德的威力。他拍了一张我的照片，当时我正背对镜头走远，身上穿着那件肥大的冬衣，肩膀向上隆起与耳朵相接。

我不会买年鉴。

不再是长发女

长发女剪了寸头。她的头发只有半英寸长,就像是从头皮里刚长出来的禾苗,短小尖利。头发是黑色的——没再染成橘色。她还配了副紫色边框、双重对焦镜片的新眼镜,把它挂在一条珠链上面。

我不知道是什么使她变成这样。她这是陷入爱河了?还是离异了?还是从父母的地下室搬出来了?你从来想不到老师也有父母,但他们肯定有。

有的孩子说,她这么做是为了在我们准备期末考试作文的时候迷惑我们。我不确定。我们有选择。我们可以写《论喜剧中的象征主义》,也可以写《小说如何改变我的生活》。我认为还有什么事情在发生。我在想,也许她找到了一位很好的精神病医生,也许她出版了那本自地球冷却以来就一直在写的小说。我还想知道,她会不会教暑期补习班。

墙上的短文

艾薇坐在我的美术桌边上,四支没盖笔帽的彩色记号笔从她的屁股兜里探出头来。我站起身,她转过头,正好命中——我的衬衫上多了一道彩虹。她道了一百万次歉。假如是别人的话,我会断定他们是故意的。但这几个星期以来,艾薇和我之间称得上友好。我认为她不会成心这么做。

自由人老师让我去洗手间,我努力擦掉彩笔留下的痕迹。我看上去肯定像一条追逐自己尾巴的狗,扭过来拧过去,想从镜子里看见衬衫上的斑点。门开了,是艾薇。她正要开口,我举起手:"不用多说了。我知道你很抱歉。这只是个意外。"她指指兜里那些伸出来的彩笔。"我盖上了笔帽。自由人老师让我盖的。然后他叫我到这里来看看你怎么样了。"

"他不放心我吗?"

"他想确认你不会玩失踪。大家都知道你喜欢闲逛。"

"上课中间从来没有过。"

"什么事都会有第一次。去隔间,把衣服脱下来。穿在身上没法洗。"

我觉得,校长大人应该在洗手间开设办公室。那样没准儿他会雇人把里面打扫干净,或者雇一名卫兵把守,禁止人们躲在厕所抽烟或在墙上写字。

"亚历山德拉是谁?"

"我不认识亚历山德拉,"艾薇的嗓门比水盆里急促的水声还大,"不过高一好像有个叫亚历山德拉的人。"

"从墙上的涂鸦看来,她惹了不少人。有人用很大的字写她是个婊子,然后其他所有人补充了细节。她和这个上床,和那个睡觉,她同时和那些家伙睡觉。作为一个高一的学生,她也太有手腕了。"

艾薇没有回答。我透过隔间门和墙之间的细缝偷窥。她打开洗涤液盒,把我的衬衣浸到里面,然后搓洗斑痕。我直发抖。我站在里面,只穿了件文胸,还是件不很干净的文胸,我简直快冻坏了。艾薇把衬衣拎起来对着光,皱着眉,又搓洗一番。我真想深吸一口气,但空气实在太难闻了。

"你说过安迪·伊文斯是个大麻烦,还记得吗?"

"记得呀。"她回答。

"你为什么会那么说?"

她把洗涤液漂洗掉。"他名声在外。他想拿到手的东西——要是你相信传言的话——他就会得到,不管那是什么。"她拧掉衬衫里的水。水滴在瓷砖上产生了回音。

"雷切尔正在和他约会。"我说。

"我知道。这在她今年做过的蠢事清单上又添了一笔。她怎么评价他?"

"我们都不怎么说话。"我说。

"你是说,她是个婊子。她觉得自己比我们这些人都优越。"

艾薇用力摁下干手器的银色按键,双手托着衬衣。我把涂鸦又温习一遍。"我爱德里克。""脖子老师会咬人。""我恨这个地方。""雪城地动山摇。""雪城烂透了。"辣女名单,笨蛋名单,人人神往的科罗拉多滑雪胜地名单。被钥匙刮掉的电话号码。整个对话从隔间壁的顶上蔓延下来。隔间就像一间社区聊天室,又像一张金属报纸。

我请艾薇把她的彩笔递一支给我,她照做了。"我想你得把这玩意拿去漂白了。"她说,同时把衬衫递给我。我把衣服从头顶套上。还是潮湿的。"你要记号笔干什么?"

我把笔帽衔在嘴里。我在墙上新开了一个帖子:应该远离的家伙。第一个就是野兽本人:安迪·伊文斯。

我伸手推开了隔间门。"哈哈!"我指着自己的手工作品。

艾薇咧嘴笑了。

毕业舞会筹备

配对季的高潮正在逼近我们——老生毕业舞会。他们这周不用上学。我们唯一知道的就是谁和谁在一起(谁?这得问长发女),谁又在曼哈顿买了条连衣裙,哪一家豪华汽车公司不会举报你饮酒,哪里有最贵的男士晚礼服,诸如此类,不胜枚举。单是闲话产生的能量,就能满足整幢楼在学期剩余时间里的用电需求。老师们怒发冲冠。孩子们不再交作业,因为他们已和晒黑沙龙有约。

野兽安迪邀请雷切尔一同前往。我不相信她妈妈会同意她去,但她也可能同意,因为雷切尔的哥哥和他的约会对象也会参加。被邀请参加老生毕业舞会的高一学生很少,而雷切尔是其中一个;她的社交影响力一路攀升。她肯定没有收到我的便条,或者她决定置之不理。说不定她会把它拿给安迪看,然后一起捧腹大笑。也许她不会重蹈我的覆辙,也许他会听从她。也许我最好不要再想这件事,以免变成疯子。

希瑟几乎爬着来向我求助。让我妈妈不敢相信的是:一位活着的、有呼吸的朋友正站在前廊,等着自己那位与周围环境格格不入的女儿!我把希瑟从我妈妈的利爪下解救出来,撤回我的房间。我的毛绒填充兔子们纷纷从洞穴里爬出来,鼻翼翕动着,粉红小兔,绛紫小兔,还有奶奶送的格子小兔。它们都和我妈妈一样兴奋。总算有了小伙伴!从希瑟的绿色隐形镜片上,我能看见自己的房间。她什么也没有说,但我知道她觉得房间看上去很蠢——一间婴儿房,那么多玩具兔子;肯定总共有一百只吧。妈妈敲门,她给我们送来了甜饼。我想问她是不是病了。我把袋子递给希瑟。她取了一块甜饼,咬了一小口。我狼吞虎咽地吃掉五块,只是为了气她。我躺在床上,把兔子们赶到墙边。希瑟优雅地把椅子上的一堆脏衣服推到地上,让自己瘦削的屁股在椅子上勉强栖息。我在等待。

她开始讲述一个催人泪下的故事,讲述她多么痛恨做一只玛莎工蜂。就算是包身工也不会这么惨。她们只是利用她,把她呼来唤去。她的成绩一路狂跌到 B,因为她得花很多时间去伺候资历更老的玛莎人。她爸爸正在考虑去达拉斯工作,她不介意再次搬家,一丁点儿也不,因为她听说南方的孩子不像这里的那么妄自尊大。

我又吃了些甜饼。我在努力平复因为屋里有位不速之客而带给我的震惊。我没把她踢到门外,是因为当房间再次变得空荡荡时,我仍然会深受伤害。希瑟说我很聪明:"……你如此聪明,梅尔,足以干掉这个愚蠢的团体。整个今年都很恐怖——我讨厌每一天,但我没有胆量像你一样脱身出来。"

她完全忽略了一个事实,那就是我从未进入,还有,她曾弃我如敝履,拒我于千里之外,甚至不肯让我在玛莎人荣耀的影子里歇歇脚。我感觉这就像房间里什么时候突然闯进一个身穿淡紫色西服的家伙,他手持话筒喊道:"这是青春期带给你的又一款虚拟游戏!"

我仍然不知道她来这儿的用意。她舔掉甜饼的碎屑,然后切入主题。她和其他高年级的玛莎人被要求去装饰十一大道假日酒店的舞厅,毕业舞会将在那里举行。梅格、爱米莉和西沃恩不会施以援手,这不消说,她们得去染指甲,还要美白牙齿。享有特权的人、少数派以及由于接吻病而报废的低年级玛莎人,全都撒手不管,希瑟只好单打独斗。她很绝望。

我:"你必须装饰整个舞厅?在星期六晚上之前?"

希瑟:"是的,因为克莱斯勒的销售员有个什么愚蠢的会议,我们要到周六下午三点才能开始。但我知道我们能完成,我还会找其他孩子。你知道谁能帮忙吗?"

实话实说,我不知道,但为了显得体贴些,我还是想了想。希瑟以为这意味着我知道,意味着我很乐意助她一臂之力。她从椅子上蹦起来。

希瑟:"我就知道你会帮忙的。你真够意思。告诉你吧,我欠你,我欠你一个大人情。下星期我过来帮你把房间重新装饰一下,怎么样?"

我:

希瑟:"有一回你不是告诉过我,你有多么讨厌自己的房间吗?好了,现在我知道原因了。每天早上在这儿醒来,多么令人沮丧。我们会把这儿所有的垃圾都清理掉。"她对着正在地板上我的睡袍里睡觉的绳绒小兔踢了一脚。"还要扔掉那些窗帘。也许你可以和我一起去采购——你能拿到你妈妈的运通卡吗?"她猛地把我的窗帘拉到一边。"我们别忘记清洗那些窗户。海泡石绿和鼠尾草的色调,你应该找这些颜色,既古典,又有女人味。"

我:"不。"

希瑟:"你想要更高贵的颜色吗,比如茄子色或者钴蓝色?"

我:"不,我还没有决定要什么颜色。我的意思不是那样,我想说的是:不,我不会帮你。"

她瘫坐到椅子上。"你必须帮我。"

我:"不,我不会。"

希瑟:"可这是为、为、为什么呀?"

我紧咬嘴唇。她想知道真相,想知道自己既唯我独尊又冷酷无情?想知道我希望所有高年级的人都对她咆哮?想知道我讨厌海泡石绿?还有,想知道我的窗户脏了与她毫不相干?我感觉小纽扣似的鼻子在背后拱我。小兔子们在说:"要厚道。撒谎吧。"

我:"我有计划了。管树木的人要来修剪前院的橡树,我得在花园里挖土。此外,我知道自己这儿需要什么,但不包括茄子色。"

我所说的一半是真的,另一半只是计划。希瑟的脸色黯淡下来。我打开肮脏的窗户,让新鲜空气涌进来,吹开了我脸上的头发。我告诉希瑟她得走了,我要做卫生了。她大口咽下嘴里的甜饼,没有对我妈妈说再见。真是个没教养的人。

沟通 101[①]

我好运连连。我充满活力。我不知道是为什么:勇敢地面对

[①] 美国的课程名,主要传授人际沟通技巧。

希瑟；播下万寿菊花籽；或者是当我问妈妈是否会让我重新装饰我的房间的时候，她脸上的神情？和恶魔一试腕力的时候到了。雪城的冬天已经过去，充足的阳光对你的头脑产生了神奇的作用，让你感到强大，尽管你并不是。

我必须与雷切尔谈一次。代数课是不可能的，而英语课后他就会在外面等她。但我们同时上自习课。就这样定了。在图书馆里，我发现她正眯着眼看一本字很小的书。她太骄傲，因此不肯戴眼镜。我一面管束着自己的心，以免它受惊蹦到大厅里，一面坐到她边上。没有核弹爆炸。良好的开端。

她面无表情地看着我。我挤出一丝微笑，尺度适中。"嗨。"我说。"嗯。"她回答。没有翻起的嘴唇，也没有粗鲁的手势。到目前为止，情况还不错。我看着她正在抄写的那本书（逐字逐句地）。内容是关于法国的。

我："是作业吗？"

雷切尔："也算是吧。"她在桌子上轻敲她的铅笔，"这个夏天我要和国际社团一起去法国。得做一个报告，证明我们是认真的。"

我："那很棒啊。我是说，从我们还是小孩子的时候起，你就总是谈到旅行。小学四年级时读到《海蒂》，我们还想在你家壁炉里化开奶酪呢，还记得吗？"

我们笑得有点大声。其实并不那么好笑，但我们都很紧张。一位图书馆员向我们指了指。坏学生，太坏的学生。不许笑。

我看了看她的笔记。做得很差劲,只是几段关于巴黎的情况,再饰以埃菲尔铁塔的涂鸦、桃心,还有她和安迪姓名首字母的大写"雷·布 + 安·伊"。呵呵。

我:"这么说,你真的要和他一起出去了。和安迪。我听说了毕业舞会的事。"

雷切尔勉强挤出一丝笑意。她舒展筋骨,似乎提到他的名字唤醒了她的肌肉,让她的胃弹跳起来。"他很棒,"她说,"他很棒,很漂亮,很招人爱。"她停下来。她正在和一个乡下来的麻风病人说话。

我:"等他上大学了,你打算怎么办?"

啊呀,这一箭正中她的软肋。乌云遮住了太阳。"我不能想这个。这让人受不了。他说会设法说服父母让他转回到这儿。他可能去法国拉萨尔,也可能在雪城。我会等他。"

饶了我吧。

我:"你会出去多久?差不多——两个星期?三个星期?"

冷风掠过了图书馆。她挺直身子,猛地合上笔记本的封皮。

雷切尔:"总之,你想做什么?"

我还没回答,图书馆员就猛冲过来。欢迎去校长办公室继续谈话,要不然就待着,别出声。由我们选。我打开我的笔记本，把想说的话写给雷切尔。

很高兴再次和你谈话。我很遗憾我们这一年没能做朋友。我把笔记本递给她。她稍微缓和下来，写了回话。

是的，我知道。那么，你喜欢谁？

没有，真的。我的实验搭档还算不错，不过只是朋友对朋友的关系而已，不是男朋友什么的。

雷切尔精明地点头。她与一个高年级的人约会。这和新生之间那种"朋友对朋友"的关系完全不是一回事。她再次掌握了主导权。该我讨好她了。

你还生我气吗？我写道。

她画了一道飞快的闪电。

不，我想已经不生气了。那是很久以前的事了。她停下来，又画了一个螺旋圈。我站在边缘，想知道自己会不会掉进去。舞会有一点狂野，她继续写道，但是报警也太愚蠢了。我们只需要一走了之。她把笔记本滑过来给我。

我也画了一个螺旋圈，与雷切尔画的方向相反。我本来可以就此打住，就像在公路中间突然停车一样。她又和我说话了。我需要做的就是把污垢隐藏起来，手挽手和她一起走进落日的余晖中。她伸手到背后整理发束，我看见她的臂弯里也用红笔写着"雷·布＋安·伊"。吸气，一二三。呼气，一二三。

我强迫自己让手放松些。

我打电话报警不是为了破坏舞会,我写道。我打电话——我放下铅笔。我拾起铅笔——叫警察是因为有个家伙强奸了我。就在树下。我不知道该怎么办。我雕刻似的写下这些字的时候,她一直看着。她靠近我。我继续写下去。我很蠢,又喝醉了,我不知道发生了什么,然后他伤害了——我潦草地写出——强奸了我。警察赶到的时候,每个人都在叫喊,我被吓坏了,于是我抄近道出了后院,走回家里。

我把笔记本推回给她。她盯着这段话。她把椅子拉过来,坐到我边上。

噢,我的天,我很抱歉,她写道。你为什么不告诉我?

我不能告诉任何人。

你妈妈知道吗?

我摇头。泪水从某个隐秘的泉眼突然涌出。真该死。我吸吸鼻子,用袖子揩眼睛。

你怀孕了吗?他有什么病吗?噢,我的天,你没事吧???

不,我感觉没事。是的,我没事。哎,可以这么说吧。

雷切尔下笔很重,很快。谁干的???

我翻开另一页。

安迪·伊文斯。

"你在撒谎!"她步履踉跄地从椅子里站起来,一把抓起桌上的书本,"我不相信你说的话。你这是嫉妒。你是一个变态的怪人,你嫉妒我人缘好,而且我要去参加毕业舞会,于是你就这样对我撒谎。是你给我寄的那张便条,对吗?你真叫人觉得恶心。"

她飞快地跑到图书馆员身边。"我要上医务室,"她声称,"我觉得我快要吐了。"

聊天室

我站在大厅里,看着校车。我不想回家。我也不想待在这儿。与雷切尔的交谈进行到一半的时候,我还满怀希望——都是我的错。这就像已经闻到了美味的圣诞大餐,可是却眼睁睁看着门砰的一声关上,留下你独自站在寒风里。

"梅林达。"我听到有人叫我的名字。太好了。现在我能听见声音了。也许我应该找辅导员联系一位治疗师,或者一位好管闲事的精神病专家。我什么也不说时,感觉简直糟透了。我告诉了某个人,却感觉更糟。很难找到一个中间地带。

有人轻柔地触碰我的胳膊。"梅林达?"是艾薇,"你还能赶上最后一班车吗？我想带你看样东西。"我们一起走。她把我带到洗手间，就是她为我洗衬衣的地方。就算漂白过后，我的衬衣上还是留下了她的记号笔的痕迹。她指着隔间说："去看看吧。"

应该远离的家伙

安迪·伊文斯。

他是个令人恐怖的家伙。

他是个杂种。

远离他！！！！！！！！！！！！！！！！

他应该被关起来。

他自以为完美无瑕。

报警吧。

他们给性变态者服一种药，然后他们就无法勃起——那是什么药来着？

二羟丙什么的。

他应该每天早上在他的橙汁里放一点。我和他出去看过电影——刚放预告片，他就要把手伸到我的裤子里面！

此外还有很多的留言。不同的笔，不同的字迹，一些留言者之间的交谈，还有箭头指向更长的段落。这效果胜过了立一个广告牌。

我感觉我会飞翔。

剪枝

第二天是星期六，早上我在链锯发动的声音中醒来，那噪声咬穿了我的耳朵，撕碎了我睡懒觉的计划。我从窗户向外窥视。树艺师是三个男子，爸爸打电话叫他们来剪除橡树的枯枝。他们站在树下，一个在加快链锯的转速，仿佛它是一辆赛车；另外两个把树粗看一遍。我下楼去吃早饭。

看卡通是不可能的。我沏了一杯茶，和爸爸以及几个邻家的孩子一起站在车道上看戏。一个树艺师像猴子一样钻进浅绿色的树冠，举起粗绳一头的链锯（关掉了的）。他开始像雕刻家一样修剪枯木。啵喔喔——喔喔。链锯咬透橡树，树枝呼啦啦掉到地面。

空气中锯屑飞舞。树汁从树干裸露的伤口渗出。他在杀害这棵树。他会只留下一个树桩。这棵树正在死去。没什么可做，也没什么可说。我们默默地看着支离破碎的橡树枝掉到潮湿的地上。

链锯杀手转着圈向下移动，还咧嘴笑了。他根本就不在乎。

一个小孩子问我爸爸,这个人为什么要砍倒这棵树。

爸爸:"他并不是要砍倒它,他是在救它。那些树枝得了病,早就死了。所有的植物都是这样。砍掉坏死的,树才有新生的可能。你瞧——等到夏天结束的时候,这棵树就会成为整个街区最强壮的树。"

我讨厌爸爸假装懂很多。他推销保险。他不是护林员,对林木并不在行。树艺师打开卡车后部的土壤疏松机。我看够了。我抓过自行车,离开了。

第一站是加油站,给车胎打气。我记不清上次什么时候骑过。早上暖意融融,好一个懒洋洋、慢吞吞的周六。杂货店的停车场停满了车。小学后面的场地上,几场垒球比赛正在进行。但我没有驻足观看。我骑车上山,路过雷切尔家,路过高中。下坡很快,不用蹬。我鼓起勇气,玩了回双手脱把。

我飞速行进的时候,前轮一直保持稳定。我左转,再左转,盘山而下,不知将去往何方。

不过,我多少还是有所计划的,一个隐藏在身体里的偏离正道的罗盘指向我以前的经历。这条路不太熟悉,直到瞥见谷仓我才认出来。我紧按刹车,在碎石路肩上好容易控制住自行车。一阵风吹过头顶的电话线。一只麻雀努力保持着平衡。

车道上没有汽车。邮箱上写着"罗杰斯"。谷仓一侧的墙上悬挂着一只篮球筐。我不记得它了,可能是经过时光线太暗,没看清吧。我把自行车推到房子边上,在那里,树木好像把太阳吞了下去。我的自行车斜靠在一处东倒西歪的篱笆上。我坐到阴凉的地上。

我的心咚咚直跳,仿佛还在蹬车上山一样。我双手颤抖。这是一个完全正常的地方,看不见谷仓和房屋,离路够近,能听见汽车驶过的声音。地上到处是橡子壳的碎片。你可以带一个幼儿班来这里野餐。

我想要躺下来。不,这可不行。我靠着树干蹲下,我的手指抚摸着树皮,探寻着布莱叶[①]盲文,探寻着某种线索或启示,想知道在经历了漫长的雪下冬眠后,我该如何回归生活。我劫后余生。我在这儿。纵然困惑、心烦意乱,但还活着。那么,我怎样才能找到出路?有没有一种灵魂的链锯,或是一把斧头,可以切除我恐惧的记忆?我把手指伸进泥土,用力挤压。我身体里那细小而洁净的部分渴望温暖,期待着破土而出。那个安静的梅林达,我已经好多个月没看见了。那将是我用心呵护的种子。

巡游

我到家时,已是午饭时分。我做了两份鸡蛋沙拉三明治,喝了一大杯牛奶。我吃了一个苹果,把餐盘放进洗碗机。才一点钟。我想我应该扫扫厨房、吸吸尘,但是窗户开着,知更

[①] 路易斯·布莱叶(1809—1852),法国人,五岁时双目失明,十六岁发明了当今世界通用的盲文点字符号。

鸟在房前草坪上歌唱,在那里,成堆的护根物上像写着我的名字,等着我去处理。

妈妈在晚饭时开车回到家里,她深受感动。房前草坪已经耙过,四边整整齐齐,草已剪过,灌木的根部都铺上了覆盖物。我并没有累得喘不过气来。妈妈帮我把露台用的塑料家具从地下室搬上来,我用漂白剂把它们刷洗干净。爸爸带回了比萨饼,我们就坐在露台上共进晚餐。爸爸妈妈都喝冰茶,没有拌嘴。我清洗了餐盘,把比萨纸盒扔进垃圾桶。

我躺在沙发上看电视,但眼睛却闭着,我睡着了。醒来时已过午夜,有人在我身上盖了条针织毛毯。屋子里又静又暗。凉爽的微风从窗帘缝里吹进来。

我完全醒了。我感到皮肤里面在发痒——用我妈妈的话说,叫做坐卧不安。我没法安静地坐着,我得做点什么。我的自行车还斜靠在前院的梅子树上。我骑上车。

上上下下,穿过对角线,我酸痛的双腿在大都已经沉睡的郊区街道上骑行。偶尔,午夜还开着的电视透过卧室窗户荧光闪闪。几辆汽车停放在杂货店前面。我想象有人正在拖地,有人正在堆叠面包片。我沿着我过去认识的人家的房屋滑行:希瑟,妮科尔。转过街角,换低速挡,更用力地蹬踏,上坡来到雷切尔家。灯还亮着,她的父母还在等待参加毕业舞会的仙女们归来。我本来可以敲敲门,问他们是不是想打打扑克什么的。

但是我没有。

我一路骑行,如虎添翼。我不累。我认为我再也不需要睡觉了。

毕业舞会之后

星期一早上,毕业舞会成了传奇。那戏剧性!那眼泪!那激情!为什么没人以此为题材拍一部电视剧?全部损失包括:一人洗胃,三对长期关系解体,一只钻石耳环丢失,四场狂野的旅馆房间派对。此外,据说高年级管理员的屁股上还被画上了五组相配的文身。因为没有死亡事故,辅导员们都额手相庆。

希瑟今天没到学校来。每个人都在埋怨她那蹩脚的装饰。我敢说,她在这一年剩余的日子里都会打电话请病假。希瑟应该立即逃走去加入海军陆战队。同那群愤怒的玛莎人相比,他们对她会友善得多。

雷切尔志得意满。毕业舞会进行到一半的时候,她甩掉了安迪。我试着将各种小道消息拼接成一个完整的故事。他们说,在放一首慢歌的时候,她和安迪争吵起来。他们说,他的双手和嘴巴全都在她身上。跳舞时,他紧紧贴着她,她抽身避开。一曲终了时,她在诅咒他。他们说,她差点要打他耳光,但她没有。他环顾四周,一副无辜的模样,而她则跺着脚走向她的交换生好友。最后,她和一位来自葡萄牙的男孩跳了个通宵。他们说,打那以后安迪一直心怀怨气。他在派对上喝得酩酊大醉,扎进一碗豆泡里昏死过去。雷切尔烧毁了他送的所有东西,并把灰烬放到他的储物柜前面。他的朋友们无不嘲笑他。

除了传播小道消息,上学真没有什么实际意义。对了,还有期末考试,但看上去考试并不会改变我的成绩。我们还有——什么?还有两星期课?有时,我认为高中就是一份漫长的苦役;假如你足够顽强而得以幸存,他们就会让你长大成人。我希望这一切是值得的。

捕猎

我正等着时钟来结束每天的代数酷刑,这时,一个想法蓦地闯进了我的大脑。我再也不想在我的藏身处逗留了。我看看背后,有点希望看到某个后排的家伙窃笑着用橡皮戳我。没戏——后排的人正努力使自己不要睡着。这个主意明确无误地打动了我。我不想再躲藏。一缕微风从打开的窗户吹进来,把我的头发吹到脑后,让我的肩膀发痒。这温暖得可以穿无袖衬衣的一天,感觉如同夏日。

下课后,我紧跟雷切尔。安迪正在等她。她甚至不拿正眼看他。现在,从葡萄牙来的男孩是雷切尔的首选。哈!哈哈!你活该,你这浑蛋。孩子们瞪着安迪,但没有人停下来说话。他跟着格丽塔-英格丽和雷切尔走过大厅。我走在他身后几步远的地方。格丽塔-英格丽转过身,告诉安迪他到底应该做什么。真叫人难忘。她的语言技巧这一年真的长进了。我准备跳一曲胜利之舞。

放学后，我直奔密室。我想把玛雅·安琪卢的海报带回家，我还想保存一些我画的树木，还有我的火鸡骨雕塑。其他东西尽可留下，只要上面没有我的姓名就行。谁知道呢，说不定明年又会有别的孩子需要一个安身之所。

这里总有一股挥之不去的气味。我把门打开一条缝，这样可以透口气。要把树木画从墙上揭下来而又不撕坏它们，还真不容易。天气越来越热，这里又不通风。我把门开大些——这个时候谁会来呢？在一年中的这个时候，放学铃声一响，老师比学生跑得还快。留下来的只有几支球队，散落在练习场上。

我不知道该怎么处理那条被子。它太脏了，不能拿回家。我应该先去我的储物柜取背包——我忘了这儿还有这些书。我把被子卷起来放到地上，关了灯，出门奔向储物柜。有人和我撞了个满怀，把我撞回了密室。灯咔嗒一声亮了，门合上了。

我被安迪·伊文斯困住了。

他一言不发地盯着我。他不像我记忆中那么高大，但仍然可憎。灯光在他的眼睛下面投下阴影。他就像是石板做成的，他身上散发的气味让我担心自己会尿裤子。他把指关节压得咔嚓直响。他的手硕大无比。

野兽安迪："你的嘴真大，你知道吗？雷切尔在毕业舞会上踢掉了我，对我说了一堆胡编乱造的关于我如何强奸你的故事。你知道那是谎言。我从没强奸过任何人。我不需要。

你当时也渴望极了,和我没什么不同。但是你的情感受到了伤害,于是你就开始散布谣言,到现在,学校里的每个女孩都在议论我,把我说得就像是性变态狂似的。这几个星期你一直在散布那个胡扯的故事。你犯了什么毛病,丑八怪,是因为嫉妒吗?没有人找你约会吗?"

这些话就像钉子一样坠落在地,强硬而尖刻。我想与他周旋。他堵住了我的路。"哦,别这样。你哪儿也去不了。说真的,你把我的事搞得一团糟。"他伸手到背后,锁上门,咔嚓。

我:

"你是只奇怪的母狗,知道吗?一个怪人。我才不相信谁会听你的。"他抓住我的两只手腕。我试图抽回,但他握得太紧,我感觉骨头都要碎了。他把我固定到关着的房门上。玛雅·安琪卢凝视着我,她告诉我发出某种声音。我张开嘴,深吸了一口气。

野兽:"你不会喊叫的。你以前从来不喊叫,你喜欢这样。你很嫉妒,因为我夺走了你的朋友,而不是你。我想,我知道你需要什么。"

他的嘴凑到我脸上。我扭过头。他的嘴唇湿乎乎的,他的牙齿顶着我的颧骨。我再次想抽回我的胳膊,他用身体猛烈地撞击我的身体。我的腿失去了知觉。我的心颤抖不止。他的牙齿在我颈部。我能发出的声音只有呜咽。他笨拙地把我的两只手腕抓在一只手中。他需要腾出一只手来。我记得我记得。金属一样的手,又像一把滚烫的刀。

不。

一声呐喊从我体内爆发出来。

"不要！！！"

我借着这一声喊叫，离开了墙面，把安迪·伊文斯推得失去平衡，最后倒在破水槽里。他一边诅咒一边起身，他的拳头朝我打过来，打过来。我脑袋爆裂，满嘴是血。他打我。我叫喊，叫喊。墙为什么不倒下来？我的喊声如此之大，足以把整个学校震得粉碎。我抓到了什么，那是我的百花香罐子——罐子先是砸中他，又弹到地上。还有我的书。他再次诅咒。门锁上了门锁上了。他抓住我，把我从门边推开，一只手捂住我的嘴，另一只手掐住我的咽喉，他把我顶在水槽上。我的拳头对他来说形同虚设，我小兔爪般的击打对他造不成任何伤害。他的身体压碎了我。

我的手指在头顶挥动，想找一根树枝什么的，可以让我抓握。一块木板——那是我的火鸡骨雕塑的底座。我用它猛地砸向玛雅海报。我听见碎裂的声音。它没有听见，它喘得像条龙。它的手松开我的咽喉，转而攻击我的身体。我再次用木板撞击贴画和贴画盖着的镜子。

玻璃碎片滑下墙面，掉进水槽。它推开了我，茫然无措。我走上前，用手指握住一块三角玻璃，我用它顶住安迪·伊文斯的脖子，他僵住了。我稍微用力，刚好刺出一滴血。他双臂抱头，我的手在颤抖，我想把玻璃整个插进他的喉咙，我想听见他尖叫。我向上看，我看见他下巴上的胡茬，还有嘴角的一块白斑。他的嘴唇瘫痪了。他说不出话来。真解恨。

我："我说过，不要。"

他点头。有人在猛烈地敲门。我打开锁，门摇晃着开了。妮科尔站在门口，旁边是长曲棍球队——她们大汗淋漓，怒不可遏，手里的球棍高高举起。有人卸下护具，去找人来帮忙。

大结局

自由人老师拒绝按时提交评分。评分本来应该在学校放假四天之前完成，但他认为这没什么意义。于是我可以在放学后继续待在学校，直到最后、最后一天，为了最后一次尝试把我的树做好。

自由人老师打算在年级墙上画一幅壁画。他没有碰到墙上我的名字，但他用滚筒刷和速干白漆遮盖了所有其他的字迹。他一边哼唱，一边在调色板里调色。他想画一幅日出。

从开着的窗户外面，传来了暑假放假之前特有的低语声。走道里回响着关闭储物柜的声音，还不断有人尖声说："我会想你的——有我的电话号码吗？"我打开了收音机。

我的树显然已开始呼吸；小口的、轻浅的呼吸，就像今天早上刚破土而出似的。这棵树还不匀称。树皮很粗糙。我想让它看上去有一种很久以前镌刻的首字母的感觉。低处有根树枝病了。假如这棵树真的生长在某个地方，最好尽快锯掉那根树枝，这样它才不会害死整棵树。树根鼓出地面，树冠伸向太阳，高大而健康。新长出来的是最好的部分。

丁香花的气息从窗口传进来，一起来的还有几只懒惰的蜜蜂。我在雕刻，自由人老师把橙色和红色混和在一起，调出合适的日出渐变色。车轮啸叫着驶出停车场，又一个没有醉酒的学生道别了。暑期班很快就要开始了。所以，倒也没什么好忙乱的。但我想完成这棵树。

几个高年级女生溜达进来。自由人老师小心翼翼地拥抱她们，可能是因为他身上全是颜料，也可能是老师拥抱学生会招来大麻烦。我把刘海遮在眼前，从头发缝里往外看。他们聊到纽约市，那是女孩们将要上大学的地方。自由人老师记下几个电话号码和餐馆名称。他说他在曼哈顿有很多朋友，他们应该找个星期天见面吃早午餐。姑娘们——女人们——欢呼雀跃，还有人尖叫道："我不敢相信那是真的！"她们中有一位是琥珀拉拉队员。想想看吧。

学姐们离开前朝我看了一眼。有个女孩，不是拉拉队的，对我点点头说："该走了。希望你一切都好。"就在本学年差几个小时就要结束的时候，我突然变得受欢迎了。感谢长曲棍球队的大嘴们，在那天太阳落山之前，每个人都知道了发生的事。妈妈带我去医院缝合手上的伤口。我们到家的时候，电话上有一条雷切尔的留言。她想要我打电话给她。

我的树还缺点什么。我走到桌子边上，取了一张牛皮纸和一截粉笔。自由人老师在说画廊，我在练习画鸟儿——只需在纸上添加少许颜色。因为缠着绷带,我的手很笨拙,但我一直在尝试。我不假思索地画出它们——飞翔,飞翔,羽毛,翅膀。水滴在纸上,鸟儿们在一片光明中像花朵般盛开,它们的羽毛展开了希望。

它发生了。不必去回避它,也不要忘记。不必逃离、飞走、埋葬或隐藏。安迪·伊文斯强奸了我,当时是八月,我喝醉了,因为年少,不知道发生了什么事。那不是我的错。他伤害了我,那不是我的错。我不会让它杀死我。我会成长。

我看着平淡无奇的素描。它什么也不缺。透过眼睛里的河流,我也能看见它。它并不完美,可正因为如此,它恰到好处。

最后一道铃声响了。自由人老师走到我的桌子旁边。

自由人老师:"时间到了,梅林达,你准备好了吗?"

我把画递给他。他把它捧在手里仔细端详。我又吸了吸鼻子,用手臂揩了揩眼睛。伤痕还很明显,但它们终将消退。

自由人老师:"别在我的画室里哭,会毁掉画材的。盐分,你知道,就是盐水,会像酸一样腐蚀东西。"

泪水融化了我喉咙里的最后一块冰。我感到那封冻的缄默在我体内化开,湿漉漉的碎冰片消融在斑驳地板上的那一汪阳光里。话语浮出水面。

我:"让我来告诉你。"

劳丽·哈尔斯·安德森

《纽约时报》畅销书作家，以幽默和敏锐而著称。她的作品获得过许多奖项。《说出来》和《链条》（*Chains*）均入围美国国家图书奖最后名单。2009年，她获得由美国青少年图书馆服务会颁发的"玛格丽特·A.爱德华兹"奖，以表彰她"为YA文学坚持不懈的努力和重要贡献"。

同时，她是四个孩子的妈妈和一位妻子。她生活在纽约北部，在那里，她可以一边写作一边看着窗外的白雪飘落。

图书在版编目(CIP)数据

说出来 / (美) 安德森著；吕良忠译.
-- 南昌：二十一世纪出版社集团, 2016.1
(零时差·YA书系)
ISBN 978-7-5568-1465-7

Ⅰ.①说… Ⅱ.①安…②吕… Ⅲ.①长篇小说—美国—现代 Ⅳ.①I712.45

中国版本图书馆CIP数据核字(2015)第292556号

SPEAK
Speak by Laurie Halse Anderson
Copyright © 1999 by Laurie Halse Anderson
First published by Square Fish.
All rights reserved.

版权合同登记号　14-2015-0242

说出来　(美)劳丽·哈尔斯·安德森 著　吕良忠 译

编辑统筹	魏钢强
责任编辑	连　莹
特约编辑	唐明霞
装帧设计	费　广
出版发行	二十一世纪出版社集团（江西省南昌市子安路75号　330009）
	www.21cccc.com　cc21@163.net
出 版 人	张秋林
经　　销	全国各地书店
印　　刷	江西华奥印务有限责任公司
版　　次	2016年1月第1版　2016年1月第1次印刷
开　　本	889×1194　1/32
印　　张	6.5
书　　号	ISBN 978-7-5568-1465-7
定　　价	25.00元

赣版权登字04-2015-927　　版权所有，侵权必究
发现印装质量问题，请寄回本社图书发行公司调换　0791-86512056